ATRACCIÓN IMPOSIBLE
Sara Orwig

DISCARD

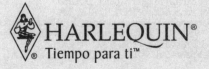

NOVELAS CON CORAZÓN

Editado por HARLEQUIN IBÉRICA, S.A.
Hermosilla, 21
28001 Madrid

I.S.B.N.: 84-396-9267-6
Depósito legal: B-38886-2001
Editor responsable: M. T. Villar
Diseño cubierta: María J. Velasco Juez
Composición: M.T., S.L.
Avda. Filipinas, 48. 28003 Madrid
Fotomecánica: PREIMPRESIÓN 2000
c/. Matilde Hernández, 34. 28019 Madrid
Impresión y encuadernación: LITOGRAFÍA ROSÉS, S.A.
c/. Energía, 11. 08850 Gavá (Barcelona)
Fecha impresion para Argentina:5.2.02
Distribuidor exclusivo para España: LOGISTA
Distribuidor para México: INTERMEX, S.A.
Distribuidores para Argentina: interior, BERTRAN, S.A.C. Vélez
Sársfield, 1950. Cap. Fed./ Buenos Aires y Gran Buenos Aires,
VACCARO SÁNCHEZ y Cía, S.A.
Distribuidor para Chile: DISTRIBUIDORA ALFA, S.A.

Capítulo Uno

El lunes de la primera semana de junio, Jeb Stuart estaba sentado muy quieto en su coche, bajo la sombra de un alto olmo, en una calle residencial de Dallas.

Estaba esperando y su apariencia tranquila no traicionaba sus alteradas emociones.

Diez minutos más tarde, el pulso se le aceleró cuando un coche negro se detuvo delante de una casa de ladrillos rojos al otro lado de la calle. Vio la melena rojiza de la conductora antes de desaparecer en el interior de la parcela.

Siguió allí y se percató de que ella vivía en un barrio muy agradable, tenía un aspecto idílico. Y al cabo de unos minutos, él iba a irrumpir en su pacífica vida como un bombazo.

Por lo que le había costado localizarla, sospechaba que ella se había esperado que lo fuera a hacer y había tomado sus precauciones para que no lo consiguiera.

Entonces se abrió la puerta de la casa y salió otra mujer. Por el informe del investigador privado, Jeb sabía que era la niñera. Llevaba vaqueros y una camiseta roja y se metió en un coche rojo. Arrancó y se marchó sin fijarse en él.

Ya había esperado bastante. Salió del coche y cruzó la calle. A cada paso se le iba acelerando el corazón. Llegó a la puerta y llamó.

La puerta se abrió y se encontró delante de la mujer que había visto llegar antes. Llevaba unos vaqueros cortados y una camiseta azul. Amanda Crockett lo miró y sus miradas se encontraron. A Jeb le pareció como si esos enormes y luminosos ojos verdes se agrandaran más todavía.

Entonces recordó por qué estaba allí y lo que ella había hecho.

Durante los últimos dos meses había pensado en lo que le diría cuando la encontrara, pero ahora se quedó sin palabras.

Se dio cuenta de que no iba a ser necesario decir ni la mitad de lo que había pensado porque ella se puso muy pálida y pareció como si se fuera a desmayar. Pero con eso no se ganaría su compasión, pensó él. Entonces ella levantó la barbilla y Jeb pudo ver la chispa que surgió de sus ojos y se preguntó si él estaba dispuesto a pelear. Si era así, lo dejaría porque no estaba dispuesto a que ella viera el daño que le había hecho. Vio que los nudillos de la mano que sujetaba la puerta se habían puesto tan blancos como su rostro. ¿Se había creído ella que podría escapar tan tranquila después de lo que había hecho?

Mientras el mundo le daba vueltas alrededor, Amanda Crockett se agarraba con firmeza a la puerta. Cuando vio al alto desconocido que la miraba fijamente, podía sentir cómo se esfumaba lo más preciado de su vida. Había llegado el momento que había temido desde hacía tres años. Con una sola mirada a su rostro supo que el desconocido que tenía delante era el padre de su hijo. Era una versión crecida de su hijo de tres años, Kevin. Ese hombre tenía la misma estructura ósea, la misma nariz recta, los ojos oscuros y la ancha frente que Kevin. Ahora sabía el aspecto que tendría Kevin cuando fuera hombre.

Trató de contener el mareo que la amenazaba. El desconocido no dijo nada, pero sus ojos lo decían todo. Decisión, ira... Sin duda esos eran sus sentimientos.

Sus anchos hombros eran tan formidables como su altura. Aunque no habría importado si él fuera delgado y ligero, aun así él habría representado la misma amenaza. Más que una amenaza. Era el fin de su mundo.

Tomó aire varias veces, pero ni así le salieron las palabras. Tenía que invitarlo a pasar. Por la expresión de él, supo que iba a entrar, se lo permitiera ella o no, pero por el bien de Kevin, tenía que ser educada, aunque lo único que le apetecía en esos momentos era darle con la puerta en las narices y huir. Tomar a Kevin y salir corriendo.

–Pase –susurró.

Él lo hizo y entonces pareció llenar la sala. Llevaba una camisa blanca, vaqueros y botas de montar, era un hombre de aspecto rudo y atractivo, con una presencia impresionante.

Él la miró entonces.

–Soy Jeb Stuart. El ex marido de Cherie.

Las lágrimas amenazaron con escapársele a Amanda. Asintió y cerró los ojos.

–¿Está bien? –preguntó él.

–Sí.

Entonces ella se recordó que él había renunciado a todos sus derechos sobre el niño hacía tiempo.

Cerró la puerta y lo precedió hasta el salón.

–Siéntese –le dijo.

Ella lo hizo en el brazo de una mecedora y entonces Jeb se sentó en uno de los sillones. Se daba cuenta de que ese hombre era muy atractivo. Cuando él miró a su alrededor, Amanda pensó si se estaría preguntando si esa casa era adecuada para su hijo.

Pero le gustara o no, ese era el hogar de Kevin.

–Supongo que usted ya sabe que yo soy Amanda Crockett, la prima de Cherie.

–Sí, lo sé. He hablado con mi abogado y

contraté a un investigador privado. Es así como la he encontrado.

Amanda luchó contra el ridículo impulso de suplicarle que la dejara en paz. Entonces pensó en todo lo que Cherie le había contado de su ex marido y la ira se unió al miedo. Se conseguiría un abogado y lucharía por Kevin.

–¿Qué le ha hecho cambiar de opinión acerca de su hijo, señor Stuart?

–¿Cambiar de opinión? Mire, señorita, usted tiene a mi hijo. Soy su padre y tengo derecho...

–Usted lo abandonó, señor...

–¡Abandonarlo! –exclamó Jeb y se puso enrojeciendo–. Yo no abandoné a mi hijo.

–Eso puede decirlo ahora, pero en su momento...

–Oh, no. Yo no lo abandoné. No sabía que Cherie estaba embarazada. Me lo ocultó cuando nos divorciamos.

Amanda pensó entonces que sus peores sospechas se estaban haciendo realidad. Cada palabra que decía ese hombre era como una puñalada en el corazón. ¿Estaba él mintiendo o diciéndole la verdad? Si estaba mintiendo, era un buen actor. Su mirada era directa y su voz estaba llena de convicción.

Lo cierto era que, en lo más profundo, siempre se habría preguntado si su prima no le habría mentido.

–Ella me dijo que usted no quería a su hijo, que usted no la quería y que se alistó en el ejército. ¿Dónde ha estado estos últimos tres años?

–En el ejército. Pero cuando me marché para alistarme no sabía que iba a ser el padre de un niño. Nos divorciamos en octubre del noventa y siete y esa fue la última vez que vi a Cherie. Me alisté en enero del noventa y ocho y he estado en el ejército hasta enero de este mismo año. Supe de la existencia de Kevin en abril.

–Que nació el veintidós de mayo de hace tres años –dijo Amanda.

Sabía que Cherie no siempre decía la verdad, pero no sabía si Jeb Stuart la estaba diciendo tampoco. Después de todo, ese hombre se casó con Cherie. ¿Qué clase de hombre se casaría con su prima? Pero nada más pensar eso, se dio cuenta de que, la mayoría de los hombres se sentirían atraídos por Cherie.

–Cherie me contó que usted la abandonó y que no quería a su hijo. Ella no lo quería tampoco y sabía que yo sí lo querría, así que me preguntó si yo lo adoptaría cuando naciera. Acepté y adopté a Kevin. Soy su madre legal.

–Su madre adoptiva legal. Yo no sabía nada de mi hijo. Lo descubrí por una amiga común de Cherie y mía. Me la encontré tres meses después de que yo dejara el ejército.

Ella sabía que Cherie había estado embarazada, pero no que no se hubiera quedado con el niño.

–Mire. Yo he criado a Kevin como a mi hijo. Va a destruir su vida si trata de apartarlo de mí ahora –dijo Amanda, cada vez más segura de sí misma y de sus derechos.

–Señorita, yo soy su padre.

–Y yo tengo una carta de Cherie en la que dice que la abandonó cuando estaba embarazada y que usted sabía que lo estaba. Cualquier juez la tomaría como prueba y puedo llevar como testigo a la misma Cherie.

–¡Los dos sabemos lo que valdría su testimonio! –exclamó Jeb, irritado por las mentiras que había contado Cherie.

–Usted no me va a quitar a mi hijo –dijo ella desafiante.

–Pero usted quiere tenerme a mí apartado de mi hijo.

Deseó agarrarla y sacudirla, decirle que se había perdido ya tres años de la vida de su hijo por culpa de ella y de su prima.

–¿Mamá?

Al oír esa voz de niño, Jeb se volvió. En la puerta había un niño pequeño con una camiseta verde y vaqueros. Iba descalzo y se había metido el pulgar en la boca.

Cuando lo vio, a Jeb se le encogió el corazón y el resto del mundo se desvaneció, dejando solo al niño. Se sintió lleno de amor e incertidumbre. Deseaba tocarlo y entonces se percató por qué aquella mujer lo había reconocido nada más verlo. El parecido lo entristeció más todavía. ¡Ese era su hijo! Deseó tomarlo de la mano y decirle que él era su padre y que se iba a ir a casa con él, pero sabía que no iba a ser tan sencillo. El niño los miraba a ambos con los ojos muy abiertos.

—Ven aquí, Kevin. ¿Te acabas de despertar?

La voz de Amanda se transformó en una muy tranquila y dulce, llena de amor. Tan cariñosa que Jeb la miró antes de volver a mirar a su hijo.

Kevin lo miró extrañado y corrió hacia su madre, se subió en su regazo y se agarró fuertemente a ella. Mientras Amanda lo acunaba y le acariciaba la espalda, el corazón de Jeb recibió otro golpe.

Durante los últimos dos meses, desde que había descubierto el engaño de Cherie, se había sentido lleno de ira y dolor cuando se percató de la forma en que había desaparecido la mujer que tenía a su hijo. No había encontrado entonces ni rastro de ella y había pensado que ella sabía perfectamente que estaba haciendo algo encubierto. Pero ahora que veía a Kevin abrazándola, el dolor que sentía se profundizó. Por primera vez se preguntó cómo podría quitarle su hijo a una mujer que había sido una verdadera madre para él.

Ella lo miró entonces, observándolo cuidadosamente.

–Tenemos que hablar más de todo esto –dijo ella tranquilamente–. Pero no podemos ahora.

–Volveré –dijo él con una voz tan tranquila como la de ella, pero sabiendo que las emociones de ella estaban tan alteradas como las suyas propias.

Se preguntó entonces, al ver cómo acariciaba a Kevin, si ella sería una buena madre.

–Si quiere quedarse a cenar, Kevin se acuesta a las ocho y entonces podríamos hablar.

Sorprendido por esa invitación, Jeb se preguntó si no querría ella que la viera con su hijo para convencerlo de que era su madre de verdad y de que se amaban. No necesitaba hacerlo, ya que se daba perfecta cuenta de que el niño y ella estaban muy unidos. Pero aunque ella fuera una madre maravillosa, él no quería apartarse de la vida de su hijo y renunciar a todos sus derechos.

–Gracias. Me quedaré porque tenemos que hablar.

Ella lo miró de nuevo y Jeb la admiró porque acababa de sobreponerse a una gran sorpresa y ahora tenía sus emociones controladas y estaba lista para luchar por sus derechos. Al mismo tiempo, no quería admirarla ni encontrarla atractiva, pero se preguntaba si quedándose a cenar, esa mujer no empezaría a gustarle.

Su ira se estaba transformando en un dolor continuo y estable y todos sus planes de tomar a su hijo y verlo crecer se estaban transformando en humo. La mujer que tenía delante estaba haciendo que se replanteara su forma de pensar. Y, además del torbellino interior que sentía, era muy consciente de que ella era tremendamente atractiva. La recorrió rápidamente con la mirada y pensó que su cabello rojizo era una invitación para que cualquier hombre lo acariciara. Miró entonces la mano que su hijo tenía sobre el pecho de ella, lleno de confianza y amor. Y al mismo tiempo, no pudo dejar de fijarse en los senos que se notaban bajo la camiseta.

–Kevin, este es el señor Stuart –dijo ella.

Kevin se volvió un poco para mirarlo.

–Hola, Kevin –respondió él con un nudo en la garganta.

Kevin lo miró por un largo momento y luego volvió a apretar la cara contra su madre. Ella le acarició el cabello negro y liso.

–¿Tienes sueño?

El niño asintió sin responder.

Mientras lo acunaba, miró a Jeb y él se percató del choque de voluntades entre ellos. Los dos querían al mismo niño. Jeb creía que tenía derecho a reclamar a su hijo, pero este, durante su corta vida, a la única persona que había conocido como a su madre era a Amanda Crockett. Entonces él se dio cuenta de que iba a tener que afrontar eso y tratar el asunto de tal manera que no le causara demasiado daño a su hijo.

¿Por qué había pensado que solo iba a tener que aparecer y exigir a su hijo para que ella se lo diera sin más? Se había esperado una pelea, pero no se había parado a pensar el que ella tuviera el cariño de su hijo. Había pensado en Amanda Crockett como había pensado en su ex esposa, Cherie. Y Cherie le habría dado ya al niño. Se lo había dado a esa mujer al nacer...

–¿Tiene parrilla? –preguntó Jeb.

–Sí.

–Entonces iré por unos filetes y los haré, así no le causaré demasiadas molestias.

Se levantó entonces y sintió una curiosa desgana por marcharse. Se preguntó si alguna vez llegaría a cansarse de mirar a Kevin.

–¿Quiere que traiga algo más?

–No, gracias –respondió ella educadamente.

Se levantó entonces y se colocó a Kevin sobre la cadera.

Jeb se marchó a comprar los filetes y, cuando volvía, no pudo dejar de preguntarse si no se encontraría la casa vacía.

¿Por qué no se había parado a pensar que ella podía ser una buena madre para Kevin? Le gustaba ese nombre. Por lo que le había dicho el investigador privado, tenía el apellido de su madre adoptiva, Crockett.

Ya de vuelta, vio que el coche de ella seguía aparcado allí y se sintió enormemente aliviado. Aparcó a su lado y tomó la bolsa con las compras. Luego se dirigió a la puerta trasera y llamó.

Ella le abrió y lo hizo pasar.

Entró en una cocina que olía deliciosamente. La miró de nuevo a ella y la encontró todavía más atractiva que antes.

–Deje ahí las bolsas –le dijo señalándole una estantería–. A Kevin no le gustan los filetes y ensaladas, así que cenará macarrones.

Jeb dejó las bolsas y sacó los filetes. Mientras trabajaba, era muy consciente de los movimientos de Amanda, de su perfume, de su mirada. Lo miraba como si hubiera invitado a cenar a un monstruo. Su casa era cómoda y bonita, pero la cocina era pequeña y, cuando se rozaron casualmente, él fue muy consciente de ese contacto.

–Lo siento –murmuró.

La miró y, de repente, sintió el poderoso deseo de besarla.

Se dio cuenta de a dónde lo llevaban esos pensamientos y se volvió repentinamente, dándose con una silla.

¿Qué le estaba pasando? Estaba reaccionando a ella como un adolescente ante una mujer sexy, aunque Amanda Crockett no había hecho nada para llamar su atención. Tenía que recordar que esa mujer estaba amenazando su vida y que él estaba listo para amenazar la suya. Si ella hiciera lo correcto y admitiera que Kevin era hijo de él y se lo diera... No tenía ningún derecho a apartarlo de su hijo.

Entonces pensó que, tal vez ella fuera razonable y se diera cuenta de que le había quitado su hijo a un padre. Pero la miró a los ojos y se dio cuenta de que eso no iba a suceder.

Cenaron en silencio y a Kevin lo preocupó el que su hijo pareciera tan callado, demasiado. Aunque también parecía que era el único que tenía hambre, ya que se lo comió todo y se bebió su leche.

–¿Así que ha estado en el ejército? –preguntó Amanda.

–Sí, en la Ochenta y dos Aerotransportada. Era paracaidista.

Por alguna razón, a Jeb le dio la impresión de que ella no lo aprobaba. Aunque probablemente no aprobara nada de él.

–¿Se mantienen en contacto Cherie y usted?

–Muy poco. No la he visto desde hace tres años.

–Es cantante de Country & Western. He visto sus discos en las tiendas.

–Yo también los he visto –respondió Amanda–, pero no a Cherie. Se ha vuelto a casar.

–Cierto, por tercera vez. Con el actor Ken Webster.

–Sabe usted mucho de ella.

–Contraté a un investigador privado y él me dio toda la información.

Mientras hablaba, Jeb no dejaba de pensar en qué podía hacer con su hijo, así que le preguntó al niño:

–¿Qué edad tienes, Kevin?

El niño levantó tres dedos.

–Tres años. Eso es ser muy mayor. ¿Vas al preescolar?

Kevin agitó la cabeza.

–Todavía no. Está apuntado para el próximo otoño –dijo Amanda.

–¿Son los macarrones tu comida favorita, Kevin?

Kevin agitó la cabeza y fue Amanda la que respondió.

–Lo que más le gusta es el helado de chocolate. Tal vez su segundo plato favorito sea la tarta de chocolate.

Amanda pensó entonces en la clase de batalla que podía tener por delante. ¿Sería Kevin uno de esos niños de los que había oído hablar, por los que dos personas se peleaban, haciéndolo desgraciado?

Se sintió mal al pensarlo. Cada vez que miraba a los ojos de Jeb Stuart podía ver su decisión y, cada vez que él miraba a Kevin, podía ver su deseo de quedárselo. Él quería su hijo.

Ese conocimiento la extrañaba, ya que cuando nació, Cherie le había jurado a ella que Jeb no había querido ese hijo. ¿Habría él cambiado de opinión o le estaría diciendo la verdad con eso de que no había sabido nada de su existencia? Amanda sospechaba que era lo segundo. Le parecía un hombre bastante sincero.

No se podía imaginar teniendo una de esas terribles batallas que podrían herir mucho a Kevin. Se sentía como si Jeb Stuart quisiera arrancarle el corazón y llevárselo con él. Se dio cuenta entonces de que él la estaba mirando fijamente y supuso que debía haberle preguntado algo.

—Lo siento. ¿Qué me estaba diciendo?

—He visto un columpio en el patio trasero. ¿Habría tiempo después de cenar y antes de que Kevin se acueste para ir allí a jugar un poco con él?

—Claro. Ya hemos terminado y, tan pronto como recoja la cocina, saldremos fuera. ¿Quieres que lo hagamos? —le preguntó ella a Kevin y el niño asintió.

Luego empezó a levantarse.

—Espera, ¿qué se dice?

—¿Puedo levantarme ya?

—Sí, ya puedes.

Kevin lo hizo y salió corriendo a jugar con sus juguetes.

Jeb se levantó también y tomó los platos.

—Yo puedo fregar los platos.

—No se preocupe —respondió ella. y pensó en lo educadamente que se estaban comportando ambos.

Sabía que él lo estaba haciendo por Kevin, lo mismo que ella.

En esa pequeña cocina no podía evitar rozarse con Jeb y, cada vez que lo hacía, era muy consciente de ese contacto físico. Jeb Stuart parecía lleno de energía pura y se preguntó si él la pondría tan nerviosa si no fuera Kevin la conexión entre ellos.

Kevin estaba sentado en el suelo haciendo un ruido como el de un motor, jugando con uno de sus cochecitos de juguete. Era demasiado pequeño, demasiado vulnerable. Lo miró y se le saltaron las lágrimas. ¡No podía separarse de su hijo! Se contuvo porque no quería llorar delante de Stuart, pero se dijo a sí misma que ella era su madre legal. Pero había visto el dolor en los ojos de Jeb y sabía que él quería su hijo. ¡Estaba perdiendo a Kevin! Se sintió mal, abrió el grifo del agua fría, se mojó una mano y con ella la nuca y la frente.

—¿Está bien?

La voz de él era tranquila y profunda, y estaba justo detrás de ella. Lo miró a esos ojos inescrutables y se preguntó si no se estarían encaminando ambos a un terrible dolor de corazón. Temió que ninguno fuera a ganar nada en esa situación, y el que menos, Kevin.

–Estoy bien –respondió ella.

Entonces una mano le tomó suavemente la muñeca y ella lo miró de nuevo.

–Vaya afuera con Kevin –dijo él–. Yo terminaré con esto e iré luego.

Ella no discutió. Tras secarse las manos, tomó a Kevin y salió afuera, agradeciendo poder escapar de la cocina, que ahora parecía más pequeña que nunca con ese hombre allí.

Cuando Jeb salió también, ella estaba columpiando a Kevin y el niño sonreía. Jeb se quedó mirándolos y ella agradeció su paciencia y precaución con Kevin. Sabía que el niño era tímido y se volvía más todavía si se daba cuenta de que alguien le dedicaba una atención forzada.

Después de jugar un rato, volvieron a la casa y Amanda bañó a Kevin y luego lo acostó.

Cuando le fue a dar un beso de buenas noches, Kevin le preguntó:

–Mamá, ¿quién es el señor Stuart?

–Es un amigo, Kevin.

Amanda se preguntó cómo podría decirle la verdad.

–Me gusta más cuando no tienes a ningún amigo aquí.

–Pero a ti te gusta cuando vienen Megan o Peg.

El niño se lo pensó y dijo:

–Megan me gusta más que el señor Stuart.

Amanda asintió y lo abrazó de nuevo, conteniendo las lágrimas.

Después de contarle un cuento y, cuando se hubo dormido, Amanda se dirigió al salón, donde Jeb la estaba esperando mirando por la ventana a la oscuridad exterior. Ella se dio cuenta de que estaba perdido en sus pensamientos porque afuera no había nada que ver.

—Está dormido —dijo.

Jeb se volvió y la miró fijamente y ella sintió esa mirada sobre su cuerpo como si la hubiera acariciado con los dedos.

—¿Es siempre tan tímido?

Amanda se encogió de hombros y se sentó en el sofá.

—Es tímido, pero ahora lo ha sido mucho más porque apenas ve hombres. Me ve a mí y a su niñera, sus profesoras, mis amigas y, en raras ocasiones, a mi tía. Y todas son mujeres.

Jeb la miró de nuevo fijamente.

—Es usted muy guapa —dijo.

—Gracias —respondió ella sospechando que él quería llegar a alguna parte con ese cumplido.

Aunque se preparó para la defensa, a otro nivel, el cumplido le agradó.

—Es demasiado atractiva como para no tener pareja, a no ser que haya una buena razón. Ya sé que esta es una pregunta muy personal, pero usted y yo vamos a tener que hablar seriamente. ¿Por qué no se ha casado y tenido sus propios hijos?

Ella levantó la barbilla. Hacía mucho tiempo desde la última vez que había pensado en el matrimonio y, tener con ella a Kevin la había hecho olvidarse del asunto, ya que el niño le había ayudado a perder mucho de su sentimiento de incapacidad.

—Y usted, ¿por qué no se ha vuelto a casar y tenido más hijos? —le preguntó ella a su vez.

—Mi matrimonio fue muy desgraciado y no estoy dispuesto a volverme a casar. Así que, volviendo a mi pregunta, ¿por qué no se ha casado y tenido hijos propios?

Como mucha otra gente, ella tenía secretos que no quería compartir. La pregunta de ese hombre era personal y ella sabía que podía negarse a responder o darle una de las respuestas banales que solía dar cuando salía con alguien, pero no vio ninguna razón para no ser completamente sincera con él.

—No puedo tener hijos —respondió mirándolo directamente a los ojos y sintiendo de nuevo el dolor que siempre le producían esas palabras.

Capítulo Dos

–Lo siento. Y lamento haberme metido en su vida privada.

Amanda asintió. Le gustó su disculpa y trató de que ese hombre no le gustara también.

–Cuando estaba comprometida, mi ginecólogo me descubrió un tumor y tuvieron que operarme. Ahora estoy bien, pero no puedo tener hijos. Mi novio decidió entonces que yo no era una mujer completa y me dejó.

Jeb cerró entonces los ojos y pareció como si hubiera recibido un fuerte golpe. Amanda se pudo imaginar lo que le estaba pasando por la cabeza.

–Esa fue una de las razones por las que accedí a adoptar al hijo de Cherie, pero no tiene nada que ver con el hecho de que yo quiera tanto a Kevin –añadió ella.

–Pero por ello, querrá aún menos separarse de él.

Amanda se puso en pie y se enfrentó a él.

–¡No quiero separarme de él porque es mi hijo! Es mi hijo tanto como si lo hubiera parido. Lo tuve cuando él solo tenía un día. ¡Cherie ni siquiera quiso verlo! A ella no le gustó nada estar embarazada. ¡Yo lo quiero porque es mi hijo y lo ha sido desde que nació!

Jeb se frotó la frente.

—Que el Señor nos ayude a los dos —murmuró—. ¿Y qué quiere que haga yo ahora? ¿Salir por esa puerta y olvidarme de que tengo un hijo?

Se miraron y él supo que ella sentía lo mismo que él.

—Tenemos que hacer algo —dijo.

—Yo no sé nada de usted —respondió ella.

—Crecí en un rancho en Saratoga. Tengo tres hermanos, Cameron, ranchero, vive cerca de aquí con su esposa Stella en el rancho de la familia. Es irónico que usted dejara Houston y se viniera a vivir aquí, tan cerca de mi familia y mi hogar. Mi hermano Shelby y su esposa, Jan, viven en El Paso. Trabaja para la DEA. Y el más pequeño, Burke, es guía de excursiones por la montaña. Él y su esposa Alexa tienen una casa en Houston, así que tampoco están lejos.

—Usted fue paracaidista, tiene un hermano en la DEA y otro que es guía de montaña. Parece que su familia es un poco salvaje.

Jeb se encogió de hombros.

—Yo ahora he sentado la cabeza. Me compré unas tierras al sudoeste de aquí y crío caballos. Esperaba llevar allí a Kevin.

—No era ranchero cuando estaba casado con Cherie, ¿verdad? Creo que me dijo que se había casado con alguien que vivía en Houston.

–Y así era. Tan pronto como terminé los estudios, me contrataron como vendedor en una empresa de alimentación de Houston. Después de un año, me ascendieron a superintendente de distrito y, dos años más tarde a director de márketing. Fue entonces cuando me casé con ella. Antes no me podría haber permitido mantenerla. Cuando nos conocimos, Cherie era encantadora, seductora, adorable. Siempre que se saliera con la suya, seguía siéndolo, pero cuando yo dejé el trabajo y quise hacerme ranchero, fue cuando salió a la luz su verdadera personalidad. Cuando nos casamos, yo estaba muy enamorado de ella, ya que me parecía que era todo lo que un hombre podía desear.

–Me lo puedo imaginar.

Amanda sabía perfectamente lo encantadora que podía ser su prima siempre que las cosas fueran como ella quería, pero cuando no era así, podía ser terrible.

–¿Por qué decidió hacerse ranchero? –añadió.

Jeb se encogió de hombros.

–El mundo de las empresas no era para mí. Yo me crié en un rancho y quería volver a esa vida.

Luego la miró pensativamente por un momento y añadió:

–Si usted creía que yo había abandonado a Kevin y a Cherie, ¿por qué cortó todas las ataduras con su pasado y ocultó sus pasos cuando se mudó de Houston a Dallas?

Ella se ruborizó y se mordió el labio inferior.

–Supongo que, en mi subconsciente, había una parte que dudaba de Cherie –dijo en voz baja–. Quise creerla cuando me dijo que a usted no le importaba su hijo y que se había marchado, pero mi prima nunca ha sido muy sincera. Dice las cosas como le vienen bien a ella y yo temía que sucediera lo que está pasando ahora, que algún día sonara el timbre de la puerta y apareciera el padre de Kevin, usted, queriendo llevárselo. Tal vez no debiera haberle puesto tan difícil encontrarnos, pero por todo lo que yo sabía, usted no era un hombre al que yo quisiera llegar a conocer.

–Supongo que no, dado que se lo puedo quitar.

–No creo que pueda –respondió ella fríamente y él se dio cuenta de que esa mujer se estaba recuperando cada vez más de la sorpresa según hablaban–. En el pasado, Cherie se juntó con gente de la que yo no querría saber nada. Sus gustos con los hombres no son precisamente los míos. Lo siento, ya sé que esto no le debe sonar como un cumplido, pero Cherie y yo somos muy diferentes.

–Ya me estoy dando cuenta.

Jeb se preguntó si ella se estaría dando cuenta de lo culpable que estaba pareciendo. Pero tenía razón, era muy distinta de Cherie. Su ex esposa era una mujer encantadora cuando quería algo, y utilizaba todos los medios a su alcance para conseguirlo. A él lo había encantado por completo, pero el matrimonio le había mostrado la realidad y le había enseñado otra faceta de Cherie que no era precisamente encantadora. Cherie nunca habría sido tan directa como Amanda.

La miró y, a pesar de su apariencia calmada, se percató de que estaba nerviosa. Sus dedos eran delicados y esbeltos. Y no llevaba anillo, solo un sencillo reloj con correa de cuero.

–Supongo vamos a tener que pensar en algo para compartir a Kevin –dijo ella–. A no ser que siga pretendiendo llevar el asunto a los tribunales para quitármelo por completo. Si lo hace, lucharé contra usted y terminaremos haciéndole daño a él.

–Estoy de acuerdo.

Ella suspiró profundamente y cerró los ojos.

–Gracias. Por lo menos estamos de acuerdo en que lo primero debe ser Kevin.

–Si él es lo primero por completo, uno de nosotros debería renunciar.

Ella abrió los ojos y lo miró.

–Tal vez no. Tal vez él necesite un padre tanto como una madre. Pero yo tengo que saber cómo será usted con él. Hay algunas cosas que yo no apruebo.

–Señorita, yo soy su padre. Tanto si usted lo aprueba como si no, yo haré lo que crea que es lo mejor para mi hijo. No lo maltrataré, pero sospecho que le dejaré hacer cosas que usted y su niñera, además de las otras mujeres que hay en su vida, temerían permitirle hacer. Ahora parece como si tuviera miedo hasta de su sombra.

–Solo es tímido. ¿Golpearía usted a un niño?

–Nunca. No lo haría ni aunque fuera necesario.

–Espero que me esté diciendo la verdad –dijo ella–. ¿Hay alguna manera de que me pueda demostrar que no sabía nada del embarazo de Cherie? ¿Cómo puedo saber yo que no lo abandonó y, ahora que Cherie es rica y famosa, ha decidido usted que, después de todo, quiere un hijo suyo?

–Puedo encontrar a la persona que me lo dijo y usted puede hablar con ella. Era Polly McQuarters. Ella sabe que no me estoy inventando nada. ¿Y de qué me serviría a mí el que Cherie sea ahora rica y famosa? Usted ha adoptado legalmente a su hijo.

–Ella le abrió una cuenta de ahorro.

–Yo no quiero ni necesito el dinero de Cherie. Le traeré un extracto de mis cuentas bancarias y de mis propiedades.

–No tiene que hacer eso –dijo Amanda.

–Ya le he hablado de mis hermanos. Pero hay otro miembro de la familia que no le he mencionado, mi madre.

–La abuela de Kevin –susurró ella.

Cerró de nuevo los ojos y se sintió como si hubiera recibido un golpe. Un padre y ahora una abuela. Podía sentir cómo se le estaba escapando su hijo, pero también se dio cuenta de que no le podía quitar a dos personas tan importantes en la vida de cualquier niño. Abrió los ojos y vio que Jeb la estaba observando intensamente.

–Todavía no le he hablado a ella de su nieto. Quiero que usted y Kevin la conozcan.

–Por supuesto, Kevin debería conocerla. La verdad es que es todo un shock abrir la puerta y descubrir que Kevin tiene un padre, tres tíos y una abuela. ¿Hay alguien más de quien todavía no me haya hablado?

–No. Mi padre ya no vive. Mi madre se llama Lila Stuart, crió a cuatro hijos y ha sido una muy buena madre. Vive en Elvira, un pueblo pequeño cerca de mi rancho y del de Cameron. Es la alcaldesa del pueblo.

–¿Cómo le voy a contar todo esto a Kevin? Es muy tímido con los hombres. ¿No podría usted venir de vez en cuando para que se conozcan y luego yo se lo cuente?

–Yo creo que sería mejor contárselo desde el principio y que luego yo lo conozca. De cualquier manera va a ser un shock para él, pero solo tiene tres años y los niños pequeños aceptan la vida tal como les viene. ¿Y qué le ha contado acerca de que sea adoptado?

—La verdad, pero solo tiene tres años y no creo que, ni le importe ni lo entienda. Yo siempre le he dicho lo mucho que lo quería entonces y ahora.

—¿Puede ser un poco más específica con eso de la verdad? ¿Qué le ha contado de mí?

—Le conté que su madre tuvo que dármelo a mí porque se fue a vivir lejos y que ella es mi prima. No parece darse cuenta de que no la ha visto nunca. También le dije que su padre estaba en el ejército y muy lejos. También le dije que yo lo quería mucho. Esto está muy abreviado, pero lo aceptó y, cuando sea mayor y quiera saber más, se lo explicaré. Pero en este momento de su vida no parece importarle.

—Me parece bien. ¿Y Maude, la madre de Cherie?

—Kevin la conoce como su abuela y la ha visto cinco o seis veces, pero desde que ella se volvió a casar y se fue a vivir a California, no parece muy interesada por él. Pero sí más que Cherie, ya que le manda regalos por Navidad y su cumpleaños. Cuando lo adopté, me acompañó al juzgado y me dijo que yo sería mejor madre para Kevin que Cherie.

—De eso estoy seguro. ¿Le gustaría venir mañana conmigo a mi rancho con Kevin? Yo los recogería, los llevaría a cenar y luego los traería de vuelta a tiempo para que él se acostara.

—¿Está tan cerca de aquí?

—A cosa de hora y media de coche, pero no me importa. Creo que es mejor que empecemos a conocernos bien.

Amanda asintió y lo miró fijamente.

—¿Está usted saliendo con alguien?

—No, y no pretendo volverme a casar.

Ella abrió mucho los ojos, sorprendida, y agitó luego la cabeza.

—Usted parece un hombre al que le gustan las mujeres, y viceversa.

—Y me gustan, pero no me quiero casar. O, por lo menos, no en una larga temporada. Tal vez lo haga algún día, porque me gustaría tener más hijos. Fui un tonto con Cherie y no quiero volver a pasar por todo ese dolor. Por un tiempo, nuestro matrimonio fue maravilloso, pero luego terminó realmente mal —dijo Jeb y se levantó—. Ahora me marcho y los recogeré mañana por la tarde. ¿Le parece bien a las cinco y media?

—Está bien —respondió ella.

Se levantó también y lo acompañó hasta la puerta. La cabeza le llegaba a los hombros de Jeb y, cuando la miró, se apoderaron de él unas emociones contradictorias. No quería encontrarla deseable. Ni tampoco le gustaba desear tocarla, consolarla y dejar de hacerle daño.

–Ya se nos ocurrirá algo. Lo principal es Kevin y vamos a tener que compartirlo.

–Eso lo puedo hacer –respondió Amanda, preocupada–. Pero quiero saber que usted será bueno para él. No sé nada de usted, salvo que se casó con Cherie y es el padre de Kevin.

–Usted y yo llegaremos a conocernos. ¿Tiene una foto de Kevin que pueda darme?

–Sí.

Un momento más tarde, Amanda estaba de vuelta con una foto del niño.

–Tengo muchas. Tenga esta. Mañana le daré más.

–Gracias.

Los dos miraron entonces la foto del niño sonriente.

–Tenía dos años cuando se la hice –dijo ella–. Se parece mucho a usted.

–Incluso yo puedo ver el parecido. No hay duda de que es mío. Gracias por la foto.

–Tengo otra copia en un álbum.

–La veré mañana por la tarde.

Una vez dentro del coche, las emociones de Jeb seguían atenazándolo. Nada había ido como se había imaginado. ¿Por qué no se había parado a pensar en cómo estaría de unido su hijo a esa mujer? Suponía que la culpa de ello era el dolor y la ira que lo habían embargado hasta entonces. Iba a tener que compartir a Kevin. Podía ser peor y Amanda Crockett podía ser una buena persona. ¿Cuánto se parecería a su prima? Poco o no se habría quedado con Kevin.

Esperaba que a Kevin se le pasara esa timidez. Por lo que parecía, necesitaba un hombre en su vida. Entonces pensó en Amanda y en su compromiso roto. Se había dado cuenta del dolor que se reflejó en su voz y supo por qué se había quedado con Kevin. Estaba claro que lucharía por él porque iba a ser el único hijo que tendría en la vida. Ese ex novio de ella era un auténtico cerdo, pensó.

Amanda Crockett. Recordó los datos que le había dado el investigador privado. Sus padres habían muerto, era hija única y no tenía familia salvo una tía, Maude Whitaker, y una prima, Cherie Webster, tenía veintiocho años, era otorrinolaringóloga y no había ningún hombre en su vida, iba a la iglesia todas las semanas y tenía muchos amigos, un compromiso roto dos años después de terminar la universidad...

Ahora sabía más de ella, su perfume, sus rojos labios y sus largas y esbeltas piernas, aparte de esa masa de cabello rojizo y rebelde que tenía que significar que tenía un lado menos serio en su personalidad. Tenía que admitir que, cuando se habían rozado o mirado a los ojos, se había producido una fuerte química entre ellos. Parecía como si saltaran chispas y, sospechaba que ella tampoco quería sentir ninguna atracción por él.

Se dijo a sí mismo que tenía que olvidarse de todo eso y tratar de concentrarse en el problema que tenían delante.

Sabía que no se iba a poder dormir, pensando tanto en Kevin como en la mujer que era su madre adoptiva, así que se puso unas zapatillas, camiseta y pantalón corto y salió a correr un rato. Estaba lleno de dudas acerca de lo que tenía que hacer con su hijo y ahora se encontraba con que ella no era la mala madre que se había imaginado. Y lo que era más, la encontraba enormemente atractiva.

Ese viernes tenía rodeo y eso era otra cosa que lo tenía preocupado. ¿Dejaría Amanda que Kevin lo fuera a ver? Sospechaba que a ella no le iba a hacer mucha gracia que él se dedicara a eso.

Cuando se cansó de correr, dio la vuelta y se dirigió de nuevo a su casa sin tener aún respuesta a las preguntas que lo habían abrumado antes. Cuando pasó por el establo y la caseta de herramientas, una figura alta emergió de entre las sombras.

—Un poco tarde para correr, ¿no? ¿Cómo te ha ido con tu hijo?

Jeb aminoró el paso y se enjugó el sudor de la frente. Era Jake Reiner, un compañero de rodeo y domador de caballos que estaba trabajando con algunos nuevos que Jeb acababa de comprar. Jake no llevaba camisa y el pelo negro le llegaba a los hombros.

–No como me había esperado.

–¿Y cuándo sale algo como te lo habías esperado?

–He visto a Kevin y he hablado un poco con él. Es tímido.

–Es porque no te conoce. ¿Y su madre?

–Estoy seguro de que me odia, pero se ha mostrado cooperante, teniendo en cuenta las circunstancias.

–¿Cooperante? Cuando saliste de aquí parecía como si fueras a asaltar su casa y traerte a tu hijo por la fuerza.

–Sí, ya lo sé. Pero no me paré a pensar qué haría si mi hijo y ella estuvieran muy unidos y se quisieran de verdad. Que es el caso. Y a ella le dijeron que yo había abandonado a mi hijo. Mi ex esposa era una mentirosa consumada.

–He visto a Cherie. A la mayoría de los hombres no les importaría que ella fuera una mentirosa congénita o una ladrona. Es una mujer muy hermosa. ¿Es igual su prima?

–No de la misma manera.

–En otras palabras, no –dijo Jake apartándose el cabello de la cara–. ¿Y dónde está tu hijo?

–Los voy a traer a cenar al rancho a los dos mañana. ¿Quieres cenar con nosotros?

Jake sonrió.

–No, gracias. Te dejaré a ti la reunión familiar. Puede que ella te vea como un posible marido.

–No, no es así. Su ex novio le hizo daño y creo que está tan poco interesada en el matrimonio como lo estoy yo.

–Si es así, será la primera mujer que conozco que no lo esté. Por supuesto, aún no la conozco, pero estoy seguro de que no existe ninguna mujer que no se quiera casar.

Jeb se rio.

–Debería haber venido a hablar contigo en vez de haberme ido a correr. ¿Seguro que no quieres cenar con nosotros?

–Seguro. No se me dan muy bien las escenas domésticas.

–Si cambias de opinión, pásate por la casa a eso de las siete. Ya deberíamos estar ahí a esa hora.

–Claro.

–¿Cómo está Mercury? –le preguntó Jake refiriéndose a un caballo de dos años que había comprado.

–Tranquilizándose. Dame otro día para domarlo.

–Muy bien. ¿Tampoco podías dormir?

–No. Algunas noches son buenas y otras no.

Jeb asintió.

–Nos veremos –dijo Jeb para despedirse.

Mientras se dirigía a la casa, se preguntó de nuevo sobre el pasado de Jake y los recuerdos que no lo dejaban en paz. Se conocían del circuito de rodeo y luego se habían hecho muy amigos cuando se alistaron juntos en el ejército. Una vez Jake le había salvado la vida cuando le pegaron un tiro durante el rescate de un diplomático que había sido secuestrado en Colombia. Pero aunque estaban muy unidos, siempre había una parte de sí mismo que Jake mantenía oculta hasta para él. Fuera lo que fuese, su oscuro secreto era lo que mantenía vivo a Jake.

Le alegraba que Jake estuviera con él, ya que su amigo era uno de los mejores domadores de caballos del país. Jake no permanecería nunca en el mismo sitio el tiempo suficiente como para echar raíces y sabía que, cuando estuviera listo para marcharse, lo haría.

Después de ducharse, se acostó y permaneció en la cama mirando al techo, pensativo. Se levantó de nuevo y empezó a pasear por la habitación. Entonces se le ocurrió que podía tratar de convencer a Amanda de que ella y Kevin se quedaran con él en el rancho. La casa era suficientemente grande. Tendrían que compartir sus vidas, pero tal vez lo pudieran hacer por el niño. Ella estaría fuera durante el día entre semana y él lo estaría los sábados.

Agitó la cabeza al pensar en tener allí a una mujer todo el tiempo y supuso que a ella tampoco le haría mucha gracia la idea de tenerlo a él cerca.

Se sentó en la cama, se pasó la mano por el cabello y se dijo que tenía que olvidarse de eso.

Pero media hora más tarde, la idea volvió a él y estuvo pensando en ella hasta el amanecer, pero siguió pensando en que Amanda tardaría menos de tres segundos en echársela por tierra.

El martes por la tarde estaba de nuevo delante de la puerta de Amanda, muy nervioso. Cuando ella le abrió la puerta y le sonrió, el pulso se le aceleró.

–Estamos listos. ¿Quieres pasar un momento mientras recojo mi bolso y las cosas de Kevin?

Cuando estuvieron los tres instalados en el coche, Jeb le dijo:

–Mi rancho está al sudoeste de la ciudad. En la misma dirección que tu consultorio.

–¿Sabes dónde trabajo? Ah, te lo ha dicho el investigador que contrataste. Lo había olvidado. Supongo que sabes mucho de mí.

–Muchos datos. Dónde trabajas, la iglesia a la que vas. Todo indica que eres una buena madre.

–¿Cómo puede un investigador decidir si soy o no una buena madre?

–Los datos lo demuestran. Sacas a Kevin los fines de semana, lo llevas a visitar a sus amigos, lo tienes en lista de espera de un colegio de pago, todo eso.

Ella lo miró y pensó que no parecía tan intimidante como la primera vez, pero seguía siendo tremendamente masculino.

–¿Veré caballos? –preguntó entonces Kevin.

–Sí, los verás. Y tenemos un estanque con patos y patitos pequeños.

El niño aplaudió y Amanda vio un destello en sus oscuros ojos.

–Se va a divertir –dijo ella sintiendo unos curiosos celos.

Pero era más que celos, era temor de poder perderlo por completo.

Aunque aquello era ridículo, Jeb podía ser bueno para Kevin y no se le ocurría cómo podía ella perder los vínculos que ya había creado con su hijo.

Más tarde, la asaltaron esos mismos temores mientras veía a Kevin jugando a la pelota con Jeb y luego montando con él a caballo. Luego fueron a la charca a ver los patos y, por fin, cenaron en la casa.

Al terminar, se instalaron en el salón y Kevin se quedó inmediatamente dormido.

–Ya es hora de que volvamos a casa –dijo ella–. Supongo que deberíamos habernos ido antes, pero Kevin se lo estaba pasando muy bien. Te lo has ganado en solo una noche.

–Es un gran chico.

–Sí que lo es.

–Kevin ya está dormido, así que, ¿por qué no aprovechamos este tiempo para hablar de lo que vamos a hacer? Anoche estuve pensando en ello.

–Y yo también –respondió ella, preguntándose si él habría dormido tan poco como lo había hecho ella.

–Muy bien. Me gustaría decirle que yo soy su padre.

–¿No es un poco pronto?

–No lo creo. Los niños aceptan la vida tal como les viene. Y yo quiero que sepa la verdad. ¿Podría traeros a cenar de nuevo aquí mañana y decírselo entonces?

Después de dudarlo un momento, Amanda asintió.

–Muy bien.

Jeb se levantó entonces y le dijo:

–Ahora vuelvo. Tengo algo que mostrarte.

Cuando volvió, lo hizo con un gran sobre que le dio a ella.

–Toma. Aquí hay documentos que demuestran lo que valgo, una especie de resumen y dice todo lo que se me ha podido ocurrir acerca de mí, los números de teléfonos de mis hermanos... Puedes llamarlos y hablar con sus esposas, si quieres.

–Supongo que vamos a tener que conocernos... ¿Puedo verlo ahora o me lo llevo a casa?

–Adelante, échale un vistazo y luego llévatelo. Toda esa información es para ti. Mientras, yo acostaré a Kevin en una cama.

Entonces Jeb tomó en brazos al niño y sus facciones reflejaron un cariño tal que a ella le llegó al corazón. En ese mismo momento, supo que él nunca le haría daño a Kevin.

Cuando Jeb volvió, ella seguía leyendo el informe sobre sí mismo que le había dado.

—Así que eres un campeón de monta de caballos salvajes.

—Sí. De ahí es de donde me ha venido algo del dinero que tengo y lo llevo invirtiendo desde los dieciocho años.

—Eso es peligroso, ¿no?

—También lo es la vida cotidiana.

—Todo el mundo tiene sus secretos, ¿cuáles son los tuyos, Jeb?

—¿Y los tuyos? —respondió él devolviéndole la pregunta.

—Yo ya te he contado el mío. Normalmente no le cuento a la gente mis limitaciones físicas, el que no pueda tener hijos.

—Mi vida es muy abierta. Me arrepiento de mi matrimonio. Me arrepiento de haber sido tan tonto con tu prima...

Entonces se quedó mirándola y ella temió lo que podía decir a continuación.

—Lo he estado pensando y tengo una proposición que hacerte —añadió Jeb.

Capítulo Tres

Amanda se preparó para lo que pudiera venir. Fuera cual fuese su idea, él tampoco parecía muy contento.

–Oigamos tu idea.

–He estado tratando de pensar en cómo podíamos dividirnos el tiempo que estemos con Kevin. Me has dicho que tú no sales y que no piensas casarte. Yo te dije a ti que no pienso casarme otra vez. No me gusta la idea de llevarme a Kevin los fines de semana mientras tú lo tienes el resto de la semana o al revés. Si lo tenemos que hacer, de acuerdo, pero tengo otra idea. ¿Por qué no os venís a vivir aquí Kevin y tú?

–¿A tu rancho?

Amanda lo miró pasmada. Casi se echó a reír, pero era el futuro de su hijo lo que estaba en juego.

–Escucha –dijo él–. Esto no está demasiado lejos de tu trabajo. Yo tengo un ama de llaves, la señora Fletcher, que es abuela; se le dan bien los niños y cocina y limpia la casa cuatro días a la semana. Podría ser niñera si la necesitara, pero la mayoría de los días, mientras trabajo, podría tener conmigo a Kevin. Así podríamos compartir nuestras vidas con él mucho mejor.

—¡Lo siento, pero está fuera de lugar!

—¿Por qué? Piensa un poco en ello. No tendríamos que dividir su tiempo entre nosotros...

—¡No podemos vivir juntos aquí! Lo siento, pero yo soy muy chapada a la antigua en algunas cosas.

—No estaríamos viviendo juntos de una forma sexual. Sería como vivir en el mismo bloque de apartamentos.

—No lo creo. Todo el mundo pensaría que nos estamos acostando juntos. Tú sabes que eso es lo que pensarían todos.

—¿Y a quién le importa?

—A mí. Y me importa por Kevin. Yo no quiero hacer eso. Y supón que tú sales con una chica y te la traes a casa a pasar la noche. ¿Qué harías, presentarme a mí como la madre de tu hijo y como una mujer que vive aquí, pero que no pasa nada?

De repente un destello de diversión se asomó a los ojos de él y ella se estremeció porque eso lo hizo parecer aún más atractivo.

—Hace ya mucho tiempo que no salgo con ninguna mujer que me apetezca traer a casa.

—Pero eso no significa que no te vaya a apetecer en el futuro. Lo siento, pero está fuera de lugar y creo que luego te arrepentirías. Te

¿Tenía algún motivo oculto o solo quería besarla?

Los labios de él se movieron muy lentamente sobre los suyos y Amanda deseó rodearle el cuello con los brazos y devolverle el beso, pero sabía que no debía hacerlo.

—Oh, no... —murmuró contra la boca de él.

—Shhh, Amanda.

Él la rodeó más fuertemente con los brazos, apretándola contra su cuerpo. Entonces su lengua le rozó la de ella y una oleada de deseo la recorrió.

Fue como si estallara en llamas y el deseo despertó, le acarició los brazos, sintiendo sus fuertes músculos. Luego él le acarició el cabello con una mano mientras la seguía sujetando con la otra, profundizando el beso, y ella se olvidó de todo lo demás, le rodeó por fin el cuello con los brazos y notó cómo sus corazones latían acompasadamente. Ese hombre era a la vez peligro y deseo, fuerza y confianza. ¿Durante cuánto tiempo estuvo devolviéndole el beso?

Por fin, ella se apartó, Jeb la soltó y se miraron. Él parecía tan atontado como se sentía ella y Amanda atribuyó esa reacción a la cantidad de tiempo que llevaban ambos sin tener contacto con el sexo opuesto. Jeb la estaba mirando como si ella fuera la primera mujer que veía en su vida.

—No deberíamos besarnos —dijo ella—. El

sexo solo complicaría una situación que ya es demasiado complicada.

—No ha sido sexo. Solo ha sido un beso. Tú y yo ya somos suficientemente mayores como para besarnos sin que cambie el mundo.

Amanda le dio la espalda y se alejó un poco para que él no le viera la expresión de la cara. Pensó que aquello no había sido solo un beso. No había sido como las otras veces que ella había besado a un hombre. Trató de apartar sus pensamientos de eso y centrarlos solo en Kevin.

—Deberíamos irnos a casa —dijo.

—Tranquilízate. Siéntate y hablaremos.

—No nos vamos a venir a vivir aquí.

—De acuerdo. ¿Y qué sugieres tú? ¿Que se reúnan nuestros abogados a ver qué deciden ellos?

—Tampoco me gusta esa idea.

—Ni a mí. Siéntate y hablemos de lo que podemos hacer.

Ella se sentó en el sofá, se quitó los zapatos y colocó las piernas debajo, muy consciente de que él estaba observando todos sus movimientos.

—No sé lo que se suele hacer en los divorcios. Tengo un amigo cuyos hijos pasan con su padre dos fines de semana al mes.

—Yo quiero ver a Kevin más de dos fines de semana.

Jeb se sentó al otro lado del sofá y a ella le pareció que estaba demasiado cerca.

—Quiero verlo crecer, enseñarle cosas, estar con él como esta noche.

—Si Cherie y tú hubierais seguido casados, no lo habrías visto a menudo, ya que habrías estado lejos, en el ejército.

—No. Si lo hubiera sabido, no me habría alistado. Yo huí de un matrimonio en ruinas, del dolor, tal vez de mí mismo. Ahora he vuelto, se lo que quiero hacer con mi vida y quiero a mi hijo.

A ella le dio la impresión de que iban a acabar en los tribunales y no le gustó nada.

—No quiero pelear contigo por esto.

—Y yo no quiero que lo hagas —dijo él tomándole la mano—. No llevas muchas joyas.

Ella se encogió de hombros, tratando de que ese contacto no la afectara mucho.

—Quiero que Kevin conozca a mi madre tan pronto como sea posible. ¿Qué tal si vamos todos al rodeo el viernes?

—Lo estás apresurando todo.

—¿Y por qué posponer la vida? Yo quiero conocer a mi hijo y a mi madre le va a encantar. ¿Qué me dices del viernes, Amanda?

—Muy bien. Iremos al rodeo contigo.

—Perfecto. Yo voy a participar, así que, la mayor parte del tiempo, no estaré sentado con vosotros.

—Me parece bien. Estoy segura de que a Kevin le gustará. Y yo tampoco he estado nunca en un rodeo.

–Este será divertido. He estado pensando en nuestra situación y hay algo más que me gustaría hacer. En vez de dejar a Kevin con una niñera mientras trabajas la semana que viene, deja que me lo traiga aquí. Yo lo recogeré y lo llevaré de vuelta a tu casa. Tú estarás con él tanto tiempo como siempre y yo podré estar mucho con él. ¿No me irás a negar el tiempo con mi hijo que tiene una niñera?

Ella apartó la mano y lo miró preocupada.

–No te conozco bien. Dame algo de tiempo. Yo no tengo un investigador que lo descubra todo sobre ti y no puedo dejar a Kevin con un desconocido.

–Si llegamos a los tribunales, vas a tener que hacerlo. Esperaré a traerlo aquí sin ti, pero no demasiado. Él ya es lo bastante mayor como para decirte si le gusta venir o no.

–Sabes tan bien como yo que cualquier adulto puede asustar lo suficiente a un niño como para obligarlo a decir lo que esa persona quiera.

–Yo no maltrato a los niños –dijo Jeb–. Tú temes que yo sea una especie de monstruo. Llama a mis hermanos, pregúntales si se puede confiar en mí.

–No creo que eso fuera a probar nada.

–De acuerdo, entonces deja que me traiga también a la niñera. Ella puede seguirnos en todo lo que hagamos.

De repente a Amanda le entraron ganas

de reír al pensar en Caitlin Shore siguiendo a un vaquero todo el día. Luego pensó en lo atractivo que era el vaquero en cuestión y decidió que, seguramente, a Caitlin no le importaría nada hacerlo.

–¿De qué te ríes?

–Caitlin Shore es mi niñera y me reía de pensar en ella siguiéndote a todas partes. Pero conociéndola, seguramente le gustaría hacerlo, ya que los hombres la vuelven loca.

–No trataría de ligar con tu niñera. En eso no hay problema.

–Tal vez no para ti. Lo pensaré. No todos los hombres estarían tan interesados en un niño del que no han sabido nada hasta ahora. Y tú no me pareces de los que se vuelven locos por los niños.

–Es mi hijo. Eso es importante. Nuestra familia era importante para todos nosotros. Mi padre murió cuando yo tenía dieciocho años, pero mi madre nos mantuvo unidos a todos. Somos una familia muy unida y todos pensamos que la familia es lo más importante de la vida –dijo él mientras le acariciaba una mano.

–Jeb...

–¿Es que hay una ley en contra de que te toque?

–No, pero sigo pensando que no es una buena idea. Ya te he dicho que tenemos bastantes complicaciones.

–Un poco de flirteo inofensivo, un poco de contacto inofensivo, unos pocos besos inofensivos, no van a complicar nada.

–Flirtear, besar... Tú quieres que me venga a vivir contigo. Sabes que puede ser terriblemente complicado. Yo ya he tenido un compromiso roto y tú un matrimonio. No quiero más dolor de corazón.

–¿Es que tienes miedo de enamorarte de mí? –le preguntó él suavemente.

Ella se dio cuenta de que estaba bromeando, pero se estaba metiendo en terreno peligroso.

–Ya estás flirteando de nuevo y yo creo que, definitivamente, ya es hora de que nos vayamos a casa.

–Lo que desee la señora –dijo él y se levantaron–. Iré por Kevin.

Mientras Jeb los llevaba a su casa en el coche, Amanda lo miró y le dijo:

–Supongo que se puede decir que estamos progresando. Esta noche nos hemos llevado mejor que la anterior.

–¿Qué te parecería si Kevin pasa un mes conmigo y otro contigo?

–No, no podría soportar un mes sin él. ¿Y qué pasaría si se hace daño o cae enfermo y quiere que lo tenga yo en brazos?

–Puede sentirse satisfecho si estoy yo.

–Puede, pero no lo hará.

Ya estaban de nuevo con el choque de vo-

que a Jeb le estaba costando trabajo encontrar las palabras adecuadas.

–Kevin, tengo una sorpresa para ti. Yo soy tu padre; y tú eres mi hijo.

–¿Tú eres mi padre? –preguntó Kevin con los ojos muy abiertos.

Cuando miró a Amanda, ella asintió.

–Sí, es tu padre, Kevin.

Kevin miró a Jeb y sonrió. Entonces Jeb lo abrazó.

Amanda se levantó entonces y se apartó dándoles intimidad.

–Te quiero, Kevin –repitió Jeb en voz baja, pero Amanda lo oyó.

–Ahora tengo una mamá y un papá, ¿no?

–Sí. Una mamá y un papá que siempre estarán contigo.

–¿Y ahora viviremos todos juntos? –preguntó Kevin.

Jeb la miró a ella antes de responder sonriendo a su hijo.

–Eso es algo que tu madre y yo no hemos decidido todavía. Estamos hablando de ello.

–¿Te vas a volver a marchar?

–No. Siempre estaré aquí contigo, Kevin.

A Amanda se le encogió el corazón. Ese hombre sería parte de sus vidas para siempre. ¿A qué clase de acuerdo podían llegar sin hacerle daño al niño?

–Kevin, hay una cosa más que te quiero decir. Yo también tengo una familia y, dado que tú eres mi hijo, ahora es también tu familia. Mi madre es tu abuela y mis tres hermanos, tus tíos.

Kevin se lo pensó por unos momentos.

—¿Y los voy a ver?

—Sí. Sobre todo a tu abuela. Ella está ansiosa por verte a ti. ¿De acuerdo?

—De acuerdo. ¿Y los vamos a conocer esta noche?

—No, el viernes. Te voy a llevar a un rodeo y ella estará allí.

—¿Qué es un rodeo?

—Sobre todo, gente montando a caballo.

Kevin asintió.

—¿Me vas a leer un cuento?

—Claro. Ve por tu libro.

Kevin fue por uno de los que habían llevado y, en el momento en que desapareció, Jeb miró a Amanda.

—Se lo ha tomado muy bien. Parece que le ha gustado saber que tiene un padre.

—Seguro que sí. Todo niño quiere un padre. Y tú se lo has contado muy bien.

Más tarde, Jeb los llevó a casa de Amanda y Kevin se quedó dormido enseguida, mientras que ellos dos permanecían en silencio.

—Un penique por tus pensamientos —dijo él.

—Solo estaba pensando en la influencia que tendrás en la vida de Kevin. Todo esto es nuevo para él.

–Pero eso no significa que sea malo.

Ella se limitó a asentir.

–Estás preocupada, ¿no?

–Por supuesto que lo estoy. Tú has puesto mi vida cabeza abajo.

–Pero no ha sido tan malo, ¿verdad?

–No, la verdad es que no.

El viernes por la tarde, el pulso se le aceleró a Amanda cuando abrió la puerta y se encontró con Jeb. Iba vestido con una camisa vaquera azul oscuro, vaqueros y botas, además de su sombrero negro de ala ancha. Llevaba una caja en las manos.

–Pasa –dijo ella, nerviosamente.

Kevin apareció entonces y se quedó mirando tímidamente.

–Hola, Kevin –dijo Jeb y el niño sonrió.

–Hola.

–Te he traído un regalo.

Jeb le dio entonces la caja.

Kevin la tomó y miró a Amanda.

–Gracias.

–¿Quieres abrirla y ver qué es? –le preguntó ella.

Kevin asintió, se sentó en el suelo y la abrió. Luego sacó un sombrero negro de ala ancha como el que llevaba Jeb, pero de su tamaño, y sonrió.

–¿Qué se dice? –le recordó Amanda.

–Gracias –dijo el niño acariciando el sombrero.

–Póntelo.

Kevin lo hizo y volvió a sonreír al mirarla. Llevaba puestos unos pantalones negros y una camisa azul de algodón y ahora, con el sombrero, parecía un pequeño vaquero.

–Ve a mirarte al espejo –le dijo ella y Kevin salió corriendo.

–Espero que no te importe, pero pensé que le gustaría llevarlo esta noche –dijo Jeb.

–Le ha encantado.

Jeb asintió.

–Te sientan bien los vaqueros. Estás preciosa.

–Gracias.

–¿Estás lista? Mi madre ha reservado habitación en el hotel para las cinco.

–¿Por qué no se queda contigo?

–Es una mujer independiente y le gusta hacer las cosas a su manera.

Amanda sospechó que el hijo de Lila Stuart había heredado de su madre ese carácter.

–Voy por Kevin y mis cosas.

Luego se dirigieron a un gran hotel en el centro de Fort Worth. Amanda no se podía hacer idea de cómo sería la madre de Jeb. Él era demasiado alto, masculino y poderoso. Así que la sorprendió mucho la mujer que se les acercó.

Capítulo Cuatro

Alta y morena, con el cabello corto que le enmarcaba el rostro, Lila Stuart parecía tener cuarenta años y toda la presencia imponente de su hijo.

–¿Esa es tu madre?

–Sí. Parece más joven de lo que es.

–¡Parece más bien tu hermana mayor!

Luego la mujer se acercó sonriendo y Amanda se extrañó de que no se hubiera vuelto a casar después de la muerte del padre de Jeb. Era una mujer impresionante que no daba nada la imagen de una abuela.

–Mamá, esta es Amanda Crockett. Esta es mi madre, Lila Stuart.

Se dieron la mano y Lila dijo:

–No sabes lo mucho que esto significa para mí. Espero que conocer a Jeb y nuestra parte de la familia no te haya resultado demasiado duro. Pero para mí ha sido fantástico saber que tengo un nieto.

–Kevin, esta es mi madre y tu abuela Lila. Mamá, este es Kevin.

–Kevin, me alegro mucho de conocerte –dijo ella sin tratar de acercarse.

El niño la miró tímidamente y Amanda le dijo:

–Di gracias, Kevin.

–Gracias.

–Vamos a comer algo y hablaremos –dijo Jeb y se dirigieron a la puerta.

Amanda se dio cuenta pronto de que Lila conocía a los niños. No le hizo caso a Kevin hasta la mitad de la cena y luego empezó a hablarle tranquilamente, así que, al cabo de unos minutos, el niño le estaba hablando de sus juguetes.

Después de cenar, Jeb los llevó a donde se iba a celebrar el rodeo. Una vez dentro, tanto Jeb como su madre no dejaron de saludar a conocidos y se los presentaron a Amanda y Kevin. Amanda se dio cuenta de que los Stuart eran encantadores y que tenían un amplio círculo de amistades.

Jeb los instaló en sus localidades, desde donde tenían la mejor vista de la arena. Amanda hubiera preferido estar más lejos de la acción. Todo olía a polvo y caballos y Kevin estaba muy excitado. Lila se sentó junto a él con Jeb al extremo. Incluso a pesar de la distancia que los separaba, Amanda era muy consciente de él.

Mientras esperaban a que empezara el rodeo, Lila sacó del bolso un cuaderno para colorear y lápices de colores y, en pocos segundos, Kevin estaba pintando junto a ella.

Para dejarles más sitio, Jeb se cambió con el niño y se sentó junto a Amanda.

—Tu madre es también un encanto —dijo ella.

—¿También?

—Tú sabes muy bien cómo encantar a la gente —respondió ella, divertida por la cara de inocencia que había puesto Jeb.

—No lo sabía. Pero me alegra saber que piensas eso de mí.

Luego se inclinó y apoyó los codos en las rodillas, de forma que, a pesar de estar rodeados de gente, creó un espacio muy reducido e íntimo para los dos.

—No tientes tu suerte —le dijo ella.

—No estoy tentando nada. Solo estoy sentado aquí, sin hacer nada.

—Estás flirteando y tratando de salirte con la tuya. Mira lo que has hecho en solo una semana. Kevin tiene un padre, una abuela y toda una familia nueva. Has hecho de todo para conseguir salirte con la tuya, tentar, presionar, flirtear, besar...

—Tú también has hecho un poco de todo eso.

—A veces, esas cosas hacen la vida más divertida —dijo ella sin poder resistirse.

Jeb sonrió.

—Ahhh, así que hay una lado bueno en ti que no había visto.

—¿Y el que habías visto era malo?

–Tú no tienes ningún lado malo. Debería haber dicho que es solo otra faceta intrigante de ti, una que voy a explorar –dijo Jeb acariciándole el brazo.

–Los dos hemos de hacer algunas exploraciones –respondió ella.

–La verdad es que nunca hubiera pensado que fuera divertido flirtear con la madre de Kevin, pero lo cierto es que lo es. Te ruborizas con mucha facilidad, ¿lo sabías?

–Lo sé. Y tú sabes los botones que tienes que apretar para conseguir las reacciones que quieres.

–Eso espero. Es divertido descubrir qué botones he de presionar y jugar con ellos.

–No puedes dejar de flirtear, ¿verdad?

–Contigo, no. Eres tú la que me obligas a hacerlo.

–¿Y no lo hacen las demás mujeres de menos de treinta años? ¡Por favor! –exclamó ella riendo.

–No.

–No me lo puedo creer. Y ahora compórtate y vuelve a colocar a Kevin en su asiento, entre medias. ¿Y cómo es que nos hemos cambiado todos de esta manera?

–Es que cuando estoy cerca de ti no me puedo comportar.

–Pues esta noche vas a ser bueno.

–Ahora sí que me estás ofreciendo un reto.

Ella lo miró a los ojos y el pulso se le aceleró. ¿Desde hacía cuánto que no sentía algo parecido? ¿Desde hacía cuánto que algún hombre la hacía sentirse deseable?

–Cuando tú y yo flirteamos, me parece como si estuviera jugando con un tigre –dijo ella.

–Tal vez sea excitante eso de vivir peligrosamente.

–Mi vida es tranquila y pacífica y no necesito ninguna excitación.

–Uh, huh. Creo que quiero ver cómo te gusta la excitación. No puedo evitar preguntarme cómo reaccionarás. Mi imaginación puede conmigo.

–Imagina todo lo que quieras porque es lo único que vas a hacer.

Amanda se preguntó por qué le estaba devolviendo el flirteo. Aunque sabía por qué, era algo peligroso, divertido y él era irresistible.

–Otro gran reto. Tal vez sí y tal vez no. A la velada le falta mucho por terminar y yo no lo voy a olvidar.

Entonces le rozó brevemente la mano con los dedos y solo con eso hizo que a ella se le cortara la respiración.

Entonces Amanda se levantó y fue a ver lo que estaba haciendo Kevin.

–Eso está muy bien –le dijo–. Ven aquí conmigo y déjame ver lo que has pintado.

Kevin lo hizo inmediatamente.

–Tú siéntate aquí y Jeb se puede poner donde tú estabas. Así estarás entre tu abuela y yo y las dos podremos ver lo que dibujas.

Jeb le dedicó una sonrisa y se apartó. Cuando se levantó, sus caderas quedaron al nivel de los ojos de ella, que no pudo dejar de fijarse en esos apretados vaqueros que tenía a solo unos centímetros.

El rodeo empezó con un desfile de hombres y mujeres montados a caballo y Lila volvió a guardar los lápices y el cuaderno en el bolso cuando Kevin se sentó en el regazo de Jeb para verlo todo bien.

Jeb estuvo sentado con ellos durante el ejercicio de lazar novillos. Cuando los dejó, Lisa le dijo a Amanda:

–Quiero agradecerte la forma en que estás compartiendo tu hijo con nosotros. No te puedes imaginar lo fantástico que ha sido saber de repente que soy abuela. Kevin es un niño adorable y sé que todo esto ha sido muy duro para ti.

–He de admitir que la aparición de Jeb fue todo un shock.

–Jeb puede ser muy insistente cuando se trata de conseguir lo que quiere. Es mi hijo mayor y tiene tendencia a hacerse cargo de todo porque, con tres hermanos pequeños, tuvo que hacerlo en casa mientras crecían.

–Estamos tratando de llegar a una solución.

–Ya lo sé, y todo el mundo quiere que sea lo mejor para Kevin. Si yo me pudiera quedar con él unas horas mientras tú sales... Me encantaría. Solo tienes que llamarme, estoy disponible en cualquier momento.

–Gracias, pero me imagino que tu vida ya es suficientemente ajetreada.

–Ser la alcaldesa de Elvira no es tan importante como ser abuela. Si me necesitas, iré. Me encantaría.

–Ya te tomaré la palabra alguna vez –dijo Amanda sinceramente.

Luego la atención de Amanda se centró en la arena cuando oyó que nombraban a Jeb por la megafonía.

Luego observó nerviosamente como él salía montando un caballo que no dejó ni por un momento de intentar quitárselo de encima, dando saltos y caracoleando como un loco.

Amanda se vio entre la necesidad de cerrar los ojos y seguir mirándolo, fascinada. Cuando sonó el timbre que señalaba el final del tiempo marcado, él pasó una pierna por encima de la silla y saltó a tierra, aterrizando sobre sus dos pies, con la agilidad de un gato, y echando a correr mientras otros vaqueros acorralaban al caballo.

Tomó su sombrero, que se le había caído a las primeras de cambio, y le sacudió el polvo contra la pierna. Luego se pasó una mano por el despeinado cabello y se puso el sombrero.

Mientras Jeb se acercaba a ellos, a Amanda se le aceleró el pulso. Kevin aplaudía entusiasmado y daba saltos en su asiento. Ella no lo había visto nunca tan excitado.

Jeb era un nuevo factor en la vida de ambos, y era un factor peligroso porque podía romperle el corazón fácilmente. ¿Y era él sincero? ¿O estaba siendo tan atrayente porque quería salirse con la suya con Kevin?

Cuando terminó esa parte del rodeo, anunciaron por la megafonía que el ganador había sido Jeb.

–Enhorabuena –le dijo Amanda–. Has ganado otra vez.

–Pero esta vez no estaba aquí Jake. Cuando él compite me cuesta mucho más ganar.

–¿Jake es también jinete de rodeo?

–Sí. Así fue como nos conocimos cuando éramos adolescentes.

–Tienes un lado salvaje, Jeb.

–Estoy empezando a sospechar que tú también lo tienes –dijo él acariciándole levemente el cabello.

Ella le sonrió y se volvió para ver la siguiente parte del espectáculo.

La verdad era que el rodeo les gustó, pero Amanda era demasiado consciente de la presencia de Jeb, que se había vuelto a sentar a su lado y siguió tonteando con ella toda la velada. Después se pasaron por una heladería y luego él llevó a su madre al hotel.

Ya de vuelta en casa de Amanda, él acostó al dormido Kevin.

–¿Quieres un té o un café antes de marcharte? –le preguntó ella.

–Café –respondió él al tiempo que dejaba su sombrero en una silla.

Luego la siguió a la cocina y se sentó mientras la observaba. Muy consciente de esa mirada, ella le puso delante un plato de galletas y se sentó al otro lado de la mesa mientras se hacía el café. Incluso con una mesa entre ellos, se sentía demasiado cerca de Jeb, demasiado consciente de su presencia

Jeb parecía relajado, pero cada vez que sus miradas se encontraban, la tensión estallaba entre ellos y era difícil apartar la mirada.

–Mamá estaba en el cielo esta noche –dijo él. No sé si tienes idea de lo encantada que estaba de saber de la existencia de Kevin, pero no podía haberla hecho más feliz.

–Me lo dijo. Y se ofreció a cuidar de él cuando quisiera. Aunque me resulta difícil imaginármela haciendo de niñera.

–Lo ha dicho muy en serio. Llámala y verás. Y no te preocupes por la forma en que lo puede tratar. Te puedo prometer que será buena con él.

Amanda asintió.

–Mi madre ha querido tener un nieto probablemente desde que Burke terminó la universidad.

–Ahora ya tiene uno.

–Esta noche me lo he pasado muy bien, Amanda.

–Y yo. Salvo cuando te vi montar. Te gusta el riesgo, ¿no?

Luego ella se levantó para servir los cafés.

–Yo lo tomaré solo –dijo él–. La vida está llena de riesgos y, alguno de ellos hacen que sea más interesante. A mí me gustan los retos y recuerdo que esta noche tú me has planteado algunos. Eran mucho más excitantes que el caballo que monté.

–Toma una galleta –dijo ella con el pulso acelerado–. Las hago porque le gustan a Kevin.

Entonces él le tomó la mano, acariciándosela.

–Jeb...

–Tienes el pulso muy rápido, Amanda.

–Esto es una locura. Ya tenemos bastantes cosas de qué preocuparnos sin dedicarnos a flirtear. ¿O es que lo estás haciendo para ablandarme y salirte con la tuya con Kevin?

–¿Ablandarte? me imagino que ahora estás tan blanda como cualquier hombre podría esperar.

–¡Jeb, deja de jugar conmigo!

–Todavía no estoy jugando contigo.

Cuando lo haga, lo sabrás. Y espero que no me pidas que pare.

Ella apartó la mano.

–Jeb...

Sin dejar de sonreír, él se bebió el café y se levantó.

–Me voy a casa –dijo–. Recuerdo que esta noche has dicho algo acerca de que puedo imaginar todo lo que quiera porque no iba a saber cuál era tu reacción ante la excitación.

Entonces se acercó a ella y el pulso se le aceleró más todavía.

–Jeb, lo he dicho en serio. No necesitamos complicarnos la vida.

–¿Tienes miedo?

–Me dan miedo las tonterías –susurró ella.

Entonces él le puso las manos en la cintura. Amanda supo que tenía que apartarse, pero no lo hizo.

–No estamos...

–Sí, lo estamos.

Entonces Jeb la besó. La rodeó con los brazos y la apretó contra su cuerpo. A ella la cabeza empezó a darle vueltas y se le agitaron las entrañas. Le rodeó el cuello con los brazos y lo besó tan apasionadamente como él la estaba besando. Sus lenguas se encontraron y se acariciaron y fue como si ella echara a arder.

Entonces él apartó la cabeza y la miró intensamente.

Ella se apartó.

—Los besos son divertidos, pero contigo son una complicación peligrosa que no deseo.

Jeb la miró solemnemente y asintió.

Luego se puso el sombrero y se dirigió a la puerta con ella detrás.

Entonces Jeb se volvió y le acarició el cuello.

—Tal vez, después de todo, tengas razón. Ha sido una velada divertida y has hecho muy feliz a mi madre. Gracias, Amanda. Te veré por la mañana.

—Gracias, Jeb. Nosotros también nos hemos divertido. Y creo que es bueno para Kevin tener una abuela.

Él se despidió con un gesto de la mano y ella se preguntó por qué habría cambiado tan repentinamente de comportamiento.

Cerró la puerta y se apoyó en ella, recordando sus besos y preguntándose qué le estaría pasando ahora por la cabeza a él.

Ya de camino al rancho, Jeb maldijo para sí. Estaba ardiendo, lleno de deseo por ella y sabiendo muy bien que esa noche lo había complicado todo, pero lo cierto era que le había divertido flirtear con esa mujer.

Se dijo a sí mismo que tenía que mantener la distancia, pero aun así, sabía que no lo iba a hacer.

Pensó en su madre y en la alegría que le

había producido saber que tenía un nieto. Seguramente no le podía haber dado nada que la alegrara más.

¿Y qué iban a hacer Amanda y él para compartir a Kevin?

Al amanecer del día siguiente había llegado a una conclusión. En la última semana no había dormido más de doce horas en total y tenía que hacer algo al respecto. No le gustaba nada la idea de una batalla legal y sabía que tampoco a Amanda.

Fue al pueblo a hacer unas compras y llamó a Amanda para preguntarle si podían cenar juntos esa noche, a lo que ella accedió después de dudarlo un poco.

Por la tarde, mientras se preparaba para ir a recogerla, se preguntó si no estaría cometiendo otro tremendo error. Pero pensar en Kevin y en la posible batalla legal le revolvía el estómago y se dijo que estaba haciendo lo correcto.

Una vez en casa de Amanda, mientras jugaba con Kevin y charlaba con ella, no podía controlar los nervios ni tampoco dejar de mirarla.

Cuando hubieron acostado a Kevin, él le leyó un cuento hasta que se durmió mientras que Amanda lo escuchaba también, extasiándose con su profunda voz y el evidente cariño que emanaba de ella.

Con Kevin dormido, Amanda y él volvieron al salón, donde él empezó a apagar las luces hasta dejar solo una.

—¿Qué estás haciendo? —le preguntó ella, extrañada.

—Suavizando la iluminación. He estado pensando mucho —dijo él mientras se acercaba.

—Y yo estoy segura de que se te ha ocurrido otro plan.

—La verdad es que sí —dijo él solemnemente—. Llevo pensándolo toda la semana. No he sido nada precipitado ni impulsivo y he sopesado todos los pros y los contras.

—Bueno, me tienes en ascuas.

Amanda se preguntó de qué se trataría y por qué él se estaba tomando tantas molestias para decírselo.

—Me escucharás, ¿verdad?

—Sí, por supuesto.

Sintiendo cada vez más curiosidad, lo vio meterse la mano en el bolsillo, sacó una cajita y se la dio a ella . Era una cajita de joyería. La miró extrañada, luego a él y, de nuevo a la caja.

—Ábrela.

Amanda lo hizo y lo primero que vio fue un brillante que le cortó la respiración.

—¡Estás loco!

—No, no lo estoy. He pensado mucho en esto. Amanda, ¿quieres casarte conmigo?

Capítulo Cinco

Ella lo miró pasmada. Aquello era imposible. Una solución ridícula.

—Creo que el matrimonio sería otra complicación en nuestras vidas —dijo al cabo de un rato.

—Una que merecería la recompensa. Ya sé que sería un matrimonio de conveniencia, pero nos debería venir bien a los dos.

—El matrimonio, aunque sea de conveniencias, es algo demasiado importante como para meterse en él a la ligera.

—Estoy de acuerdo.

—¿Entonces cómo crees que puede funcionar? Ni siquiera me conoces.

—Sé lo suficiente de ti y, si piensas en mi propuesta, creo que te darás cuenta de que el matrimonio podría funcionar.

—Yo vivo en la ciudad y tú en el campo...

—Ya he pensado en eso. Ven aquí —dijo él y le tomó la mano.

La llevó al sofá, donde se sentaron.

—Yo no me puedo ir a vivir a tu rancho.

—Escúchame. Como otorrinolaringóloga, tienes tu propia consulta. Yo te pagaré dos días de trabajo semanales para que podamos vivir en mi rancho. De esa manera, aún podrás trabajar en la ciudad o mantener tu propia casa y vivir aquí los tres días que trabajes. Eso te daría dos días más de los que tienes ahora para estar con Kevin.

—Eso sería demasiado caro para ti.

—Me lo puedo permitir y quiero hacerlo. Sería bueno para Kevin y creo que a ti te vendría bien. Por el momento, no te puedo pedir que dejes tu trabajo, ni tampoco lo quiero. Solo te estoy pidiendo que trabajes un poco menos.

Ella miró el anillo. Un matrimonio como ese resolvería sus problemas. Así Kevin tendría un padre y a ella más tiempo con su hijo.

—No sé nada de ti. No sé qué es lo que te hace perder la paciencia y cómo tratarías a Kevin si te hace enfadar. No sé lo que te gusta o lo que no. Ni siquiera sé tu edad.

—Treinta y uno.

—No conozco tus ambiciones. Me has dado una serie de datos acerca de tus ganancias, pero ni siquiera sé si están bien.

Él asintió.

—Te puedo dar el nombre de mi contable y de mis abogados para que respondan a cualquier pregunta que les hagas. No tengo nada que esconderte. Y yo nunca le haría daño voluntariamente a Kevin.

—La primera vez te metiste en un mal matrimonio. Y ahora te vas a meter en un segundo sin amor. ¿No estarás cometiendo otro error?

–No lo creo. Este es completamente diferente.

–¿Y qué pasará cuando Kevin crezca?

–Ya nos preocuparemos de eso dentro de unos años.

–¿Y si te enamoras de otra estando casado conmigo?

–No lo haré.

–Ahora no lo puedes saber, y tampoco puedes evitar enamorarte solo porque sería inconveniente. Amar a otra persona no es algo racional. Es cosa del corazón, no de la mente.

–Kevin es la persona más importante de mi vida. Yo no destruiría nunca mi relación con él –dijo él.

–¿Y el sexo? No pretenderás mantenerte célibe el resto de tu vida.

Él la miró fijamente y el corazón de ella pareció estallar en llamas.

–Tú sientes lo mismo que yo ahora –susurró él y la besó.

Ella le apoyó las manos en los hombros y sintió sus duros músculos. Cerró los ojos mientras él la abrazaba y la hacía abrir la boca, acariciándole la lengua con la suya mientras las entrañas de ella se derretían.

Incapaz de resistirse, Amanda le rodeó el cuello con los brazos y le acarició el cabello.

Por fin, se separaron. La caja con el anillo había caído al suelo y él la recogió.

–Soy humana –dijo Amanda–. Y acabas de comprobar que me gustan los besos.

Pero no añadió que él era el único hombre que la había hecho reaccionar de esa manera.

–Eres una mujer muy deseable –respondió él.

Amanda agitó la cabeza.

–Yo no puedo tener una relación sin amor.

–Y yo no puedo volver a amar. Por lo menos, no por ahora. Tu prima mató eso en mí. Así que, si es eso lo que quieres, no te lo puedo dar.

–Entonces estamos en una encrucijada. Yo no quiero una relación física. El sexo sin amor no es mi idea de la felicidad.

–Me parece bien. Haremos lo que tú quieras.

–Tú no vas a querer mantenerte célibe. Y yo no creo que un matrimonio de conveniencias pueda funcionar.

–No digas que no tan rápidamente. Piénsalo. No tiene por que haber sexo ni una relación íntima si tú no la quieres. Pero sí que hay una atracción entre nosotros dos.

–Una atracción que no quiere ninguno de los dos. ¿Estás dispuesto a volver a enamorarte?

Él miró entonces el anillo.

–No, no lo estoy. Tu prima me hizo mucho daño y no quiero volver a pasar por eso.

–Ni yo tampoco.

–Bueno, aun así, sigo pensando que, lo mejor para Kevin, es que nos casemos. De ahora en adelante, los dos vamos a estar involucrados con su vida. Yo digo que lo intentemos. Dejaremos el sexo de momento. Un matrimonio sobre el papel le daría a Kevin los dos padres que necesita. Y tú podrás estar con él más tiempo del que estás ahora.

Eso no se lo podía discutir. La propuesta era tentadora porque, si decía que no, sospechaba que Jeb sería un poderoso oponente.

Él sacó el anillo de la caja y se lo puso en el dedo.

–Tengo que conocerte mejor –murmuró ella.

–Muy bien. Nos conoceremos mejor, pero empieza a hacer planes, que yo también los haré.

–Vas demasiado deprisa.

–Quiero a mi hijo en mi vida. Y ya he perdido tres años. Ahora ya no quiero esperar más. ¿Te casarás pronto conmigo? Piensa en Kevin, Amanda. Yo seré un buen padre para él.

Amanda sospechaba que eso era cierto y, hasta ese momento, él había sido claro con ella.

–Cásate conmigo –insistió Jeb.

–Sí –respondió ella preguntándose si no estaría destruyendo su felicidad futura o no. Sí, lo haré –añadió.

–¡Perfecto! –exclamó él y la abrazó–. ¿Qué te parece si almorzamos mañana para hacer planes?

–No tengo ningún paciente entre el mediodía y la una y media.

–Perfecto. Te recogeré en la consulta. Piensa en cuándo te quieres casar. Podemos hacerlo como quieras.

Luego Jeb se levantó y añadió:

–Me marcho. Nos veremos mañana.

Parecía exultante. ¿Y por qué no lo iba a estar? Había conseguido lo que quería. Lo acompañó a la puerta y, una vez allí, él la miró y le puso las manos en los hombros.

–Deja de preocuparte. Seré un buen padre y marido, Amanda. Nunca le haré daño a Kevin.

Cuando ella asintió, Jeb le dio un leve beso en los labios y se marchó, dejándola a ella preguntándose qué era lo que había hecho.

El viernes, a las once y media, Amanda estaba en su sala de consulta examinando a una paciente cuando sonó el intercomunicador.

–Lamento interrumpirte, pero el señor Stuart está aquí. Dice que tiene una cita para almorzar contigo a las doce.

–Es cierto. Pero falta media hora, Julia. Dile que lo veré entonces.

Miró la puerta que daba a la recepción y se imaginó a Jeb allí, probablemente paseando nerviosamente por la habitación.

Treinta minutos más tarde, cuando Amanda salió de la sala de consulta charlando con su paciente, su mirada tropezó con Jeb. Se despidió de la paciente y le dijo a él:

–¿Quieres pasar a mi despacho?

Él se levantó y la siguió. Amanda se quitó la bata blanca y la colgó del perchero.

–Tengo una hora libre, ya que tendré que ver a otro paciente a la una y media y quisiera prepararme para la consulta de la tarde.

–Claro. Elige tú el restaurante.

Jeb vio el anillo que ella llevaba en el dedo y sintió una mezcla de nerviosismo y satisfacción.

Minutos más tarde, estaban sentados a la mesa en un restaurante cercano.

Mientras él se comía una hamburguesa con queso, ella hacía lo mismo con una ensalada. Jeb sospechó que estaba tan nerviosa como él.

–Pongamos una fecha. He traído un calendario –dijo.

–Estamos en junio. ¿Qué te parece a finales de julio?

Jeb agitó la cabeza.

–No quisiera retrasarlo mucho. No vamos

a tener una luna de miel, solo una ceremonia de boda. Yo había pensado en algún día de la semana que viene.

—¡Te estás apresurando demasiado!

—No, solo quiero estar con mi hijo. Y no veo ninguna razón para retrasarlo. ¿Quieres una gran ceremonia en la iglesia?

—¡Cielos, no! La verdad es que no lo he pensado mucho.

Lo cierto era que no había ninguna razón válida para retrasar la boda.

—Esta mañana he establecido una cita con tu contable para hablar —añadió ella—. No quiero vender mi casa por si me tengo que quedar en la ciudad después del trabajo.

—Buena idea.

—Y hay algunas cosas que me gustaría llevarme cuando me mude a tu rancho.

—Perfecto. Ya lo has visto. Hay sitio de sobra y, por lo que a mí respecta, la casa está a tu cargo. Haz lo que quieras con ella, salvo con mi despacho y mi dormitorio —dijo él sonriendo pícaramente—. Porque doy por hecho que cada uno va a tener su propio dormitorio, ¿no?

—¡Por supuesto!

—Haz lo que quieras.

Jeb se sacó entonces un cuaderno del bolsillo y lo abrió.

—Aquí tienes el calendario. ¿Cuándo quieres que nos casemos?

Amanda todavía no se podía creer lo que le estaba sucediendo, pero el hombre que le exigía una respuesta era muy real.

—Tengo tres o cuatro amigos a los que me gustaría invitar a la boda. No tengo más familia que la tía Maude y la llamaré, pero no creo que venga desde California. ¿Y tu madre y hermanos?

—Espero que asistan todos. Mamá y Cameron seguro que lo harán. Dime una fecha y se la haré saber.

—Dado que será una boda solo sobre el papel, supongo que podríamos casarnos en un juzgado.

—A mí no me importa si te quieres casar en tu iglesia...

Ella apartó la mirada y le dijo:

—Deja que llame al sacerdote.

Luego miró el calendario y añadió:

—Le preguntaré si nos puede casar en una semana a partir de mañana y te llamaré con lo que me diga.

—¿Quieres llamarlo desde aquí? Tengo un teléfono móvil.

Ella asintió y él se lo ofreció. Minutos más tarde, todo estaba arreglado para que se casaran el veintitrés de junio a las diez de la mañana. Cuando le devolvió el teléfono, lo miró a los ojos.

—Hace tres años que no hablo con Cherie, pero creo que deberíamos decírselo.

Jeb apretó la mandíbula.

—Yo no le debo nada a esa mujer.

—La llamaré yo.

—Como quieras. Mis hombres y yo podemos llevar tus cosas al rancho esta misma semana.

Ella se rio y él levantó las cejas.

—¿Te parece gracioso?

—Cuando quieres algo, realmente pones toda la carne en el asador, ¿verdad?

—Supongo que sí —dijo él acariciándole la mejilla—. Tienes una sonrisa muy bonita, Amanda. Espero poderla ver a menudo.

—Eso depende de lo que hagas —respondió ella.

—Trataré de pensar en la forma de hacerte sonreír más veces. Tal vez, después de todo, conocernos mejor va ser divertido.

—Ya lo está siendo —respondió ella.

Jeb tomó aire y, por primera vez, ella vio un destello de deseo en sus ojos. Se sintió incapaz de apartar la mirada y el deseo la embargó también a ella de una forma que hacía mucho que no sentía.

—Creo que me he metido hasta la cabeza —dijo.

—No dejaré que te hundas...

El silencio se instaló entonces entre ellos por un rato, y no pudieron dejar de mirarse el uno al otro. Entonces él le tomó la mano y se la llevó a la boca para besársela levemente.

–Estábamos hablando de la mudanza. –dijo ella tratando de poner algo de fuerza en su voz, pero fallando miserablemente.

Apartó la mano y la mirada.

–Creo que hablábamos de que yo me mudara a tu rancho –repitió Amanda.

Lo miró de nuevo y se percató de que él la estaba mirando fijamente, así que sospechó que él había cambiado sutilmente su relación, por mucho que ella le dijera que quería mantenerla en un nivel platónico.

–Ven al rancho esta noche. Mientras yo cocino, tú podrás ver bien la casa y decidir dónde quieres poner tus cosas. De verdad que no me importan los cambios que hagas y, si quieres comprar muebles nuevos, hazlo. Te daré mi tarjeta de crédito.

Ella lo miró sorprendida.

–¿Y cómo sabes que no voy a comprar un montón de cosas caras y que no te gusten?

–Confío en tu buen juicio –respondió él con voz sedosa.

–Sigues flirteando, Jeb.

–Tú has empezado.

–Hay algo en ti que me pone nerviosa.

–No puedo esperar a averiguar qué más te puedo poner.

–Tenemos que detener esta tontería.

–Ah, no. Esto se está poniendo interesante. No pares ahora.

–Jeb...

Él se rio suavemente.

—Ya veo aparecer la terquedad de las peli-rrojas. Haz lo que quieras con el rancho, salvo pintarlo de rosa. He visto tu casa y me gusta. Me refería a eso cuando te dije que confiaba en tu buen juicio.

—Gracias.

El silencio cayó entonces entre ellos por unos momentos.

—Vamos a hacer que esto funcione, por Kevin —dijo él por fin.

Ella lo miró a los ojos y vio que, si peleaba con él, terminaría lamentándolo.

—Ahora tengo que volver a la consulta —dijo.

Jeb asintió y se levantó. La tomó del brazo y salieron del restaurante. Una vez en el coche, ella lo miró sin poder evitarlo y, cuando se dio cuenta de a dónde la estaba llevando su imaginación, apartó la mirada, pero aun así siguió siendo muy consciente de la cercana presencia de él.

¿Por qué lo encontraba tan atractivo?

Esa pregunta la atormentaba.

Capítulo Seis

El domingo por la tarde, después de ir a la iglesia, Amanda y Kevin observaban cómo Jeb aparcaba su furgoneta delante de la casa. Lo seguía otro hombre en otra más vieja.

Kevin estaba muy excitado por la perspectiva de irse a vivir al rancho y corrió hacia Jeb, que lo levantó en el aire.

Un hombre alto, moreno y de anchos hombros caminaba al lado de Jeb. Era más delgado que él, pero también con poderosos músculos. En el momento en que Amanda lo miró a los ojos, supo que él era consciente de la situación y no la aprobaba.

Kevin se rio.

–¿Cómo está mi chico? –preguntó Jeb.

–Bien –respondió el niño tan contento.

Luego les presentó a Jake y, durante las siguientes dos horas, ambos hombres estuvieron sacando muebles. Kevin llevó cosas pequeñas y Amanda ayudó en lo que pudo.

Estaba en la cocina haciendo una caja cuando Jeb pasó por allí.

—¿Dónde está Kevin?

—Lo está cuidando Jake. Se le dan bien las mujeres y los animales, así que deben dársele bien también los niños.

—¿Este es el magnífico domador de caballos de que me hablaste?

—Es el mejor. Deberías verlo domar un caballo. Los más salvajes se derriten con él. Lo mismo que la mayoría de las mujeres.

—No le he caído bien.

Jeb la miró con curiosidad y se encogió de hombros.

—Jake no aprueba el matrimonio. No creo que sea nada personal. Él no se casará nunca. Ni siquiera se ata a un trabajo por más de un año.

—¿Por qué no?

—No lo sé. Además, de mis hermanos, él es mi mejor amigo. Estamos muy unidos, pero hay algunas cosas que no sé de él. Hay algo que no le permite echar raíces.

—Bueno, pues esta vez yo creo que no le gusto de forma personal. No creo que yo le caiga bien.

—Si no le caes bien ahora, ya lo harás con el tiempo. Eres irresistible.

Tan pronto como lo hubieran cargado todo, Amanda y Kevin se fueron al rancho con los hombres. Descargaron allí y Jeb los llevó de vuelta a su casa pasada la una de la madrugada.

El veintitrés de junio Jeb seguía presa de los nervios cuando entró en la iglesia. Su hermano Cameron lo vio y se acercó a darle la mano.

–No estaba seguro de que vinieras –le dijo Cameron–. Se suponía que tenías que estar aquí hace media hora.

–No quería esperar. Vamos por el sacerdote y a ver si todo el mundo está aquí. Me gustaría que la boda empezara ya mismo. ¿Has visto a mi novia?

–Sí, lleva aquí casi una hora. Tal vez esté ya ansiosa.

–Se suponía que tenía que llegar pronto. ¿Dónde está Kevin?

–Con mamá. Espero que sepas lo que estás haciendo.

–Lo sé. Esto será lo mejor para Kevin.

–Jeb, tiene tres años. Será mayor dentro de quince, quince buenos años de tu vida. ¿Luego qué harás?

–Tengo quince años para pensar algo. Deja de preocuparte. Mira a mamá y Kevin. Es el mejor regalo que podía haberle hecho.

–Eso es cierto, pero lo podías haber hecho sin casarte. Creo que mamá había renunciado a la idea de tener un nieto, pero Stella y yo esperamos darle otro.

–Seguro que sí.

Cameron sonrió, pero la preocupación no desapareció de sus ojos.

–Espero que te salga bien. Todavía no me puedo creer que estés haciendo esto. Las chicas han estado hablando de Amanda y hay una cosa segura, les ha caído bien.

–Perfecto –respondió Jeb ausentemente mientras miraba de nuevo su reloj.

–Aquí viene Jake. Me gustaría que viniera a trabajar conmigo cuando te deje a ti. Pero tal vez esta vez no te deje. Tal vez siente la cabeza.

–Cuando los cerdos vuelen.

Jake se unió a ellos y les dio la mano.

–¿No puedes convencer a tu hermano de que no haga esto? –le preguntó a Cameron, que agitó la cabeza y sonrió.

–Ya sabes lo cabezota que es.

–Lo sois los dos.

–Voy a buscar al sacerdote y a empezar ya con todo esto –dijo Jeb.

Jake lo miró mientras se alejaba y dijo:

–Espero que sepa lo que está haciendo.

–Por lo que me ha dicho, ella está tan insegura acerca de todo esto como él mismo.

Mientras se preguntaba por enésima vez si estaba haciendo lo correcto, llamaron a la puerta de la habitación de la iglesia donde se estaba preparando Amanda y apareció Megan Thorne, su mejor amiga.

–¿Cómo está la novia? ¿Nerviosa?

–Por supuesto que estoy nerviosa. No hay forma de saber si estoy haciendo lo correcto o no.

Las dos habían hablado largo y tendido del matrimonio y la aceptación de Megan había sido tanto un alivio como una sorpresa. Casi deseaba que alguien la convenciera de que no se casara con Jeb.

–Has visto a Jeb en su mejor momento –dijo Amanda–. Puede ser encantador cuando quiere serlo.

–¡Es maravilloso, Amanda! ¡Adelante!

Amanda asintió y se miró de nuevo al espejo. Sabía que ya había pasado el momento de arrepentirse de ese matrimonio.

–Estás preciosa.

–Gracias, Megan.

–Tranquilízate –le dijo su amiga, alegremente.

–Toda mi futura familia ha venido para verme. Los conocí anoche.

–¿Y?

–Todos han sido muy amables y parecían felices, pero yo pude ver la curiosidad en sus ojos. No veo cómo cualquiera de ellos pueda aprobar esto.

–Dijiste que su madre sí lo hacía.

–¡Claro! Ya tiene el nieto que quería, así que es feliz.

Entonces llamaron a la puerta y Megan abrió, habló brevemente con alguien y volvió con un ramo de flores en las manos.

–¡Esto es para ti! Del novio.

–No íbamos a tener ninguno de los aderezos –dijo ella tomándolo–. Es precioso.

Se miró de nuevo al espejo y pensó que, con ese ramo, parecía una novia de verdad.

–Yo creo que este va a ser un buen matrimonio, Amanda.

Ella sonrió.

–¿Porque me ha mandado unas bonitas flores? Eres una optimista. Bueno, supongo que ya es hora de salir.

Megan sonrió ampliamente. Vamos, señorita Crockett, pronto señora de Stuart.

Tan pronto como Amanda entró por la puerta de la iglesia, su mirada se encontró con la de Jeb, que salía de una puerta situada al otro lado de por donde había salido ella. Iba vestido de oscuro y nada más verlo se le cortó la respiración y el pulso se le aceleró. Sabía que esa intensa atracción física que sentía por él solo iba a complicarle la vida al casarse con él.

Megan la siguió mientras que a Jeb lo seguía Cameron, su hermano. Amanda miró a Kevin, que estaba sentado en la primera fila de bancos, mirándola solemnemente y le sonrió. El niño le devolvió la sonrisa. Luego le dio la mano a su abuela, que estaba sentada a su lado y, de repente, Amanda se sintió mejor. El que Kevin tuviera una abuela era toda una bendición.

Miró de nuevo a Jeb. Parecía relajado y seguro de sí mismo. Lo único que traicionaba sus emociones era un músculo que se le contraía en la mandíbula. A cada paso que daba hacia él, el corazón se le aceleraba más.

Cuando Jeb la tomó de la mano, sus dedos eran firmes y cálidos.

Hicieron sus votos y el sacerdote los declaró marido y mujer.

–Señor Stuart, puede besar a la novia –añadió.

Ella lo miró y la mirada de él se dirigió a sus labios para luego darle un cálido beso.

Después de ese breve beso, la tomó de nuevo de la mano y se volvieron juntos para sonreír a los invitados y fueron por Kevin.

La sencilla ceremonia había terminado. No hubo música ni nada más. Pero Jeb había querido que les hicieran unas fotos, así que había un fotógrafo haciéndoselas a todo el mundo. En un momento dado, ella vio a Jake, que la estaba mirando sombríamente y un escalofrío le recorrió la espalda.

–Bienvenida a la familia –le dijo Lila Stuart y la abrazó.

Kevin le dio la mano a su madre y ella sospechó que él sabía que algo importante estaba ocurriendo, aunque no entendiera qué era. Luego se acercaron los demás para abrazarla y darle la enhorabuena hasta que el fotógrafo los interrumpió.

–Señor y señora Stuart, si están listos, les haré unas fotos aquí y luego otras en la recepción.

Señora Stuart. ¿Cuánto tardaría Amanda en acostumbrarse a que la llamaran así?

Posaron para algunas fotos con Kevin en todas menos en una. Por fin, Jeb agitó una mano y dijo a todo el mundo.

–Vamos a la fiesta. Allí podremos charlar y seguir sacándonos fotos.

Lila y Kevin fueron con ellos en la limusina. Jeb había contratado un restaurante para tres horas, con su banda de música incluida.

Jeb estaba encantador y, cuando le pidió a Amanda que bailara con él, ella lo hizo de buena gana.

–Estás preciosa –le dijo él mirándola a los ojos.

–Gracias. Tú también estás muy guapo.

–¿Estás llevando bien todo esto?

–Hasta ahora, sí. Pero me resulta muy fácil hacerlo y tú tienes una familia muy agradable.

–Nos lo tomaremos con calma. Yo aprendí de la peor manera que no hay que hacer demasiados planes para el futuro.

–Gracias por las flores.

—Pensé que deberías tenerlas. No sabemos a dónde vamos, Amanda. Tal vez nos enamoremos y queramos tener recuerdos de este día.

—Creía que no querías volverte a enamorar.

—Y no quiero, pero como tú misma dijiste, eso es algo que tiene que ver con el corazón, no con la cabeza. Además, ya estamos casados de todas maneras, así que, ¿por qué no?

Ella sonrió y agitó la cabeza.

—El amor no es algo que surja siempre a conveniencia de la gente.

—Eso me suena a lo que diría una romántica empedernida. No dejas de sorprenderme.

—Me imagino que vamos a seguir sorprendiéndonos el uno al otro mucho tiempo. Ahora solo somos poco más que unos desconocidos.

—Somos mucho más que eso –dijo él–. Ahora no tenemos que preocuparnos por el futuro. Lo único que tenemos que afrontar es el presente y hemos de disfrutar de esta fiesta con la familia y los amigos. Y, en este momento, me gusta estar así, bailando contigo.

—La tía Maude me ha vuelto a llamar esta mañana para darme la enhorabuena. Le gustas mucho.

—También me llamó a mí. Me dijo que tú

eres la mujer con la que debiera haberme casado la primera vez.

–A veces no se lleva muy bien con su propia hija.

–Lamento que no haya podido venir.

Amanda cerró los ojos y pensó que, tal vez, él tuviera razón, que debía disfrutar del momento y no pensar en el mañana. Pero cuando lo miró a los ojos, pensó que tenía que andarse con cuidado con no enamorarse de su atractivo marido si no quería sufrir.

La fiesta duró hasta las dos de la tarde y, a las dos y media, todo el mundo se había ido salvo los parientes de Jeb. Sus hermanos y las esposas de estos se iban a quedar en el rancho de Cameron hasta el lunes por la mañana, así que todos fueron hacia allí. Como resultado de ello, Amanda no estuvo a solas con Jeb hasta la medianoche, cuando él se levantó y dijo:

–Será mejor que me lleve a casa a mi esposa y a mi hijo.

Esas palabras la hicieron ser muy consciente de lo extraño de la situación y de lo nerviosa que la ponía pensar en quedarse sola con Jeb.

En el rancho, acostaron a Kevin y luego se dirigieron a la cocina.

–Vamos a tomar algo –sugirió él.

Ella se sintió tentada de decirle que no, pero no lo hizo.

Jeb abrió una botella de champán y sirvió dos copas.

Luego las llevó al porche y le dio una.

Levantaron las copas y él dijo:

—Por nuestro futuro.

Amanda chocó su copa con la de él y le dio un trago para decir a continuación:

—Por esta noche. Por lo mejor o lo peor, recordaremos para siempre esta velada.

—Creo que aún hay algunas cosas que hemos dejado sin hacer —respondió él tomando las dos copas y dejándolas luego sobre una mesa.

Capítulo Siete

El pulso se le aceleró a Amanda y unas campanas de alarma sonaron en su cerebro, pero las ignoró. Había sido un día mágico y se había divertido más con Jeb ese día de lo que lo había hecho desde hacía años.

Él le rodeó la cintura con un brazo y ella se lo permitió encantada. Entonces la boca de él le cubrió la suya y fue como si una llamarada se encendiera en su interior.

Cuando la lengua de Jeb le acarició la suya, la abrazó con más fuerza. Amanda le puso las manos en el pecho y tiró de su camisa, que él se había desabrochado hacía tiempo, así que le acarició el pecho desnudo, llegando con las manos hasta la ancha espalda.

Sintió otra de las manos de él en el cabello y le soltó las horquillas, haciendo que le cayera sobre los hombros.

—Mandy —susurró él llamándola por el primer apodo que ella había tenido en su vida—. Esto me gusta.

La volvió a besar salvajemente y encontró la cremallera del blanco vestido de seda. Ella solo fue levemente consciente de lo que estaba haciendo porque sus besos le habían bloqueado la realidad. La lengua de él le acariciaba la suya y se metía profundamente en su boca, moviéndose con un ritmo que la hacía pensar en una unión completa con él.

Entonces Jeb le bajó el vestido hasta la cintura y, cuando le acarició los senos con las manos, sus pulgares le rozaron suavemente los pezones. Amanda gimió de placer y le acarició la espalda mientras él bajaba la boca y se introducía en ella uno de sus senos, acariciándoselo con la lengua. Volvió a gemir y se agarró fuertemente a él.

Jake trató de apartarse. Tenía los ojos llenos de deseo. Deseaba a esa mujer alta y pelirroja que era un misterio para él. Ahora ella era su esposa. Estaban casados legalmente y aun así, había accedido a evitar hacer el amor con ella. Y sin embargo, allí estaba, en su primera noche con ella, rompiendo ese acuerdo. ¿Estaría cometiendo el mismo error que la primera vez al dejarse llevar de esa manera por una mujer a la que no conocía en realidad? Pero en lo más profundo no se le ocurría que no fuera a ser tan buena como parecía. Tres años de hacer de madre de un niño pequeño eran una verdadera prueba de carácter. ¿Y eso no la hacía para él, incluso más deseable?

Deseaba desnudarla por completo y llevársela a la cama, pero logró contenerse.

Entonces ella lo empujó levemente y, de mala gana, conteniendo su deseo, levantó la cabeza y la miró. Tenía los rasgos llenos de pasión.

Amanda fue a subirse de nuevo el vestido, pero él le tomó las manos mientras miraba arrobado sus firmes senos.

–Eres preciosa, Mandy –susurró acariciándoselos levemente.

Ella se soltó y se subió por fin el vestido.

–Estás yendo muy deprisa, Jeb. Hace un mes, ni siquiera te conocía.

–Estamos casados –le recordó él entonces.

–Pero estuvimos de acuerdo en mantener esto como una relación platónica. Por lo menos durante un tiempo. Esto es ir demasiado rápido para mí.

–Pero te ha gustado que te besara. ¿O no?

–Sí, eso ya lo sabes. Pero no me quiero meter profundamente en una relación física. No hasta que no te conozca mejor –dijo ella agitadamente.

–Sientes algo cada vez que nos tocamos.

–Sí. Ya sé que no puedo ocultar mis respuestas y la verdad es que no quiero. Al mismo tiempo, no me quiero apresurar demasiado y cometer un terrible error que nos pueda hacer daño a los dos.

Cuando se fue a subir la cremallera del vestido, él la hizo darse la vuelta y le dijo:

–Yo lo haré.

–Estás empeorando las cosas.

–No me puedo resistir –susurró Jeb rozándole la espalda con los labios mientras le subía la cremallera lentamente.

–Tenemos que conocernos mejor el uno al otro. Hay demasiadas cosas que ignoramos en nuestro pasado. Los dos hemos sufrido antes y no queremos que eso se vuelva a repetir. Creo que lo inteligente es decirte ahora buenas noches e irme a mi habitación –dijo ella al tiempo que se ponía de puntillas y le daba un beso en la mejilla–. Gracias por todo lo que has hecho hoy.

Luego se marchó y Jeb deseó ir tras ella, tomarla en sus brazos y hacerla cambiar de opinión a besos, pero el sentido común le decía que Amanda tenía razón.

Como sabía que no iba a poder dormirse, se fue a ver a Kevin y estuvo allí un rato, viéndolo dormir. Una hora más tarde, se metió en su habitación y se dio una ducha fría para tratar de quitarse de la cabeza a Amanda. Luego fue a la cocina, se sirvió una buena copa de whisky y se la llevó al porche, donde se quedó mirando a la oscuridad, pensativo.

¿Qué pasaría si se enamorara? Cuando terminó su matrimonio con Cherie, él se había jurado a sí mismo que nunca más se volvería a enamorar, pero según había pasado el tiempo y el dolor, se había hecho más realista sobre el futuro y había sentido que, algún día en ese futuro podría pensar en el matrimonio de nuevo.

¿Tendría razón Amanda? ¿Se estaban dirigiendo de cabeza al desastre? No lo creía, pero tenía que admitir que era cierto que no se conocían bien todavía. Se preguntó si ella estaría durmiendo tranquilamente o le estaría costando tanto como a él hacerlo.

En su habitación, Amanda oyó crujir el suelo y miró hacia la puerta cerrada que comunicaba su dormitorio con el de Jeb. ¿Seguía él levantado? Miró el reloj y se sentó en la cama.

Qué fácil habría sido ceder a la pasión esa noche, se dijo a sí misma. ¿Había hecho lo correcto? ¿O debería dejar que la pasión se adueñara de ellos?

La lógica le decía que había hecho bien en insistir en que fueran más despacio antes de meterse en una relación física. ¡Pero qué difícil le había resultado detenerlo cuando la besó! Ella había deseado cerrar los ojos y permitir que hicieran el amor durante toda la noche.

Entonces un leve golpe en la puerta interrumpió sus pensamientos y las entrañas se le agitaron.

–¿Jeb? –dijo suavemente y oyó su respuesta al otro lado de la puerta.

Se puso una bata de algodón y abrió la puerta. Llevaba el pecho desnudo, estaba descalzo y solo llevaba puestos los vaqueros.

–Yo tampoco podía dormir –dijo él–. Ven a sentarte afuera conmigo y tomemos algo mientras charlamos. Te prometo que solo hablaremos.

–Creo que ya me hiciste esa misma promesa hace un tiempo y no la has mantenido.

–No se puede culpar a un hombre cuando la chica es irresistible.

Ella tuvo que reírse.

–Vamos –insistió Jeb–. Tú tampoco puedes dormir.

Salieron y él caminó apartado de ella.

–Por lo menos Kevin puede dormir. Yo no y me preguntaba si tú podrías. ¿Qué te apetece una cerveza o un vino?

–Mejor una limonada.

–Le he echado un vistazo a Kevin y está durmiendo pacíficamente.

–Como siempre.

Una vez en el porche, se sentaron juntos y Jeb mantuvo su palabra y la distancia, pero eso no evitó las ganas de ella por abrazarlo y besarlo.

–Si te parece bien, me gustaría tratar de enseñarle a montar a Kevin –dijo él.

–¡Solo tiene tres años!

–Puede montar por el corral. Yo cuidaré de él.

–Y antes de que me dé cuenta, te lo estarás llevando por todo el rancho.

–Es posible, pero cuidaré de él. Veamos si le gusta o no.

Amanda lo miró y pensó que seguro que lo haría.

–De acuerdo, si él quiere.

–Deja de preocuparte. Tú puedes venir con nosotros o mirar. ¿Te gusta montar?

–La verdad es que no he montado a caballo desde que era niña y lo hacía en pony en las fiestas de cumpleaños de mis amigas.

–Pues te estás perdiendo algo importante. La señora Fletcher vendrá a cocinar por la mañana a las cinco y media. Kevin ya la conoce y se puede quedar con ella. Ven a montar conmigo y deja que te enseñe el rancho. Así veremos amanecer.

–¿A las cinco y media de la madrugada? ¡Si ya son más de las tres! –exclamó ella espantada.

–Así dormirás bien mañana por la noche. Vamos.

–No sé nada de caballos.

–Yo te enseñaré. Solo tienes que saber qué parte va delante y cuál detrás –dijo él sonriendo–. Vamos, el amanecer merecerá la pena. Eso y mi compañía.

Ella tuvo que reírse.

–¡Qué modesto!

–Me gusta cuando te ríes.

Jeb le tomó entonces la mano y entrelazó sus dedos a los de ella.

–Normalmente es algo agradable cuando alguien se ríe. ¿Cuándo aprendiste a montar tú?

–No lo recuerdo. Creo que sé montar desde siempre.

Luego le contó acerca del rancho de sus padres y de su infancia en él. Durante todo el tiempo ella fue muy consciente de sus manos unidas.

Estuvieron charlando hasta las cuatro y luego Jeb la acompañó hasta la puerta de su dormitorio.

–Bueno, cumpliré mi palabra y mantendré las distancias. Te veré dentro de hora y media.

A las seis de la madrugada, Amanda estaba cabalgando al lado de Jeb, mirándolo de reojo y, a veces, abiertamente. Él parecía completamente a sus anchas sobre la silla, mientras que ella no estaba nada segura del animal que tenía debajo. La yegua parecía grande, pero hasta ese momento no había hecho nada más que moverse junto al negro de Jeb.

Él le había dado a Popcorn, la misma yegua que había montado Kevin, lo que a ella le pareció muy bien. Pero al cabo de pocos minutos, Amanda ya se había olvidado de ella porque el hombre que tenía al lado era lo único que le llamaba toda su atención.

Cruzaron un torrente y luego pasaron por unos árboles altos hasta unos pastos que se extendían por delante. Cuando se detuvieron un momento, Jeb le dijo:

–Yo crío caballos de raza. Todos tienen los papeles de sus antepasados. Tengo algo de ganado, pero lo que me gusta son los caballos y esos son los que utilizan los vaqueros para manejar el ganado. Tienes que venir a vernos trabajar y ya verás lo que pueden hacer. Ya los has visto en el rodeo.

–¿No es esta vida más dura y peligrosa que lo que hacías cuando vivías en Houston?

Él miró a lo lejos y agitó la cabeza.

–Puede, pero me gusta mucho más y me gano muy bien la vida con ello.

Luego siguieron cabalgando a través de la hierba salpicada de rocío, hasta que llegaron a un arroyo de agua clara con bastantes pozas.

–Tienes un río en tu rancho –dijo ella admirada.

–Es solo un arroyo grande y es magnífico. No tengo que preocuparme del agua.

–Kevin no puede venir aquí. Es pequeño y no sabe nadar. El año pasado el agua le daba miedo, pero ya se le ha pasado.

–No te preocupes. Si lo llevo conmigo, no lo perderé nunca de vista.

Jeb espoleó a su caballo y vadearon la corriente. Luego cabalgaron en silencio hasta que él se detuvo bajo un gran roble, donde desmontó.

Ella hizo lo mismo y Jeb la sujetó por la cintura para ayudarla. Cuando fueron a admirar la vista, él le pasó un brazo por los hombros. La niebla mañanera permanecía en lo profundo de los valles y los primeros y rosados rayos del sol naciente iluminaban las copas de los árboles. A lo lejos se podían ver los tejados de la casa y los demás edificios del rancho y la cinta plateada del arroyo cruzando las tierras.

—Es precioso.

—Mucho —respondió él.

Luego la hizo volverse y a ella le pareció lo más natural del mundo estar allí, besándolo.

Cuando él levantó la cabeza y la miró, ella abrió los ojos.

—Algún día, Mandy, haremos el amor aquí, bajo este árbol, y tú serás mi mujer —dijo Jeb.

—Eso no lo sabes. Ni siquiera me conoces tan bien ni sabes si te gustaré después de conocerme.

—Lo sé —dijo él y la volvió a besar.

Le introdujo una pierna entre las suyas y la hizo apretarse contra su cuerpo. Ella sintió su dureza y su fortaleza de hierro mientras el pulso se le aceleraba por sus palabras y besos.

Entonces se separó de él.

—Volvamos —dijo.

Jeb asintió.

—¿Qué tendría de malo si nos enamoráramos?

—Nada, si nos enamoráramos los dos, pero si se tratara solo de una relación física para uno de los dos, entonces el otro sufriría.

—Hemos hecho unos votos.

—Ya sabes que este ha sido un matrimonio de conveniencia.

—Puede. Pero no tiene que ser así —dijo Jeb.

—Una vez me dijiste que algún día tú querrás tener más hijos. Y yo no te los puedo dar.

Él hizo un gesto con la mano como quitándole importancia al asunto.

—Podemos adoptarlos. Tú adoptaste a Kevin y mira lo mucho que lo quieres ahora. Y es un buen chico.

—¿De verdad que no te importaría si no tuvieras más hijos propios?

—No. Hay otras ataduras importantes además de las de la sangre.

—Algunos hombres no opinan igual.

—Estoy siendo sincero contigo.

Amanda miró al paisaje, aunque solo estaba viendo su pasado.

—Por una temporada me sentí muy incompleta. La verdad es que, después de mi ruptura con Darren, me sentí como si no fuera nada deseable. Luego tuve a Kevin y empecé a sentirme completa y mujer de nuevo, y me pareció que había sacado de proporciones mi incapacidad física.

Jeb la hizo volverse y mirarlo.

—Eso está bien, porque tú eres una de las mujeres más deseables que he conocido en mi vida. Te deseo, Amanda, y quiero esperar hasta que estés preparada, pero ya somos marido y mujer y podría irnos muy bien.

La volvió a besar y, esta vez, ella se olvidó de sus reservas hasta que los dos estuvieron semidesnudos y jadeantes. Entonces se apartó.

—Jeb, tengo que estar más segura de lo que lo estoy ahora.

Supo que era inútil añadir que quería más que ser deseada, ella quería su amor.

Jeb la soltó y se vistió mientras ella hacía lo mismo con manos temblorosas.

La ayudó a montar de nuevo y después, se subió él a su caballo.

Mientras cabalgaban de vuelta, Amanda no pudo quitarse de la cabeza las palabras de él acerca de que era la mujer más deseable que había conocido en su vida.

Pensó que podía muy fácilmente caer en la tentación de hacer el amor con ese hombre, pero la voz de la razón le decía que tenía que esperar.

Durante las dos semanas siguientes, vivieron bajo el mismo techo y Amanda trató de acostumbrarse a su nueva vida. Jeb parecía tomárselo con toda la calma del mundo y, si tenía momentos difíciles con la convivencia, no se le notaban.

Pero a ella le estaba pareciendo que muchas cosas le causaban nerviosismo. La preocupaba Kevin. Estaba empezando a confiar en Jeb y había decidido que él era bueno para su hijo, pero sabía que le iba a dejar hacer a Kevin cosas que ella consideraba peligrosas y le iba a enseñar cosas que la iban a preocupar. El niño ya estaba montando a caballo delante de Jeb en la silla cuando se marchaba de la casa por las mañanas. Y, si no montaba a caballo, se lo llevaba en el coche a dar de comer a los animales.

Ella empezó a ir a su consulta solo dos días a la semana, los miércoles y jueves, ya que no le gustaba ni el largo trayecto hasta la ciudad ni dejar a Kevin por mucho tiempo. Y tenía que admitir, que tampoco le gustaba nada estar lejos de Jeb.

Sabía que se estaba enamorando de él y, llevaba semanas sabiéndolo. ¿Pero debía entregarle su corazón por completo? No dejaba de pensar en sus palabras y en la forma en que la hacían sentirse deseable, haciéndola desear tener el matrimonio real al que se estaban aproximando más cada día.

Un martes de primeros de agosto, por la tarde, mientras estaba en la habitación en la que había instalado su despacho, vio acercarse a la puerta trasera un todo terreno y salir de él a Jake Reiner. Iba con el torso desnudo y vaqueros. Tenía el cabello húmedo y se dirigió hacia la casa.

Alarmada de repente al pensar que algo le podía haber sucedido a Kevin, Amanda corrió hacia él. La señora Fletcher estaba en la cocina pelando patatas.

–Viene Jake –dijo Amanda.

En ese momento se abrió la puerta y Jake, sonriendo, le dijo:

–¿Puedes venir conmigo? Kevin y Jake tienen una sorpresa para ti. Quieren enseñarte una cosa.

Capítulo Ocho

Pocos minutos más tarde, Jake y ella pasaron por un bosquecillo de robles y atravesaron unos pastos hasta un árbol solitario, a la sombra del cual, había un nuevo estanque para abrevar las reses. El coche de Jeb estaba aparcado cerca. El estanque estaba lleno de agua y Kevin chapoteaba alegremente en él mientras Jeb, sentado en el agua, lo observaba de cerca, con los brazos estirados a cada lado de él.

Kevin la vio y empezó a saltar arriba y abajo excitadamente. Amanda se dio cuenta de lo mucho que había cambiado en el corto tiempo que llevaban allí. Había dejado de ser un niño tranquilo y tímido para transformarse en otro exuberante.

Rio mientras se acercaba.

—¿Era esto lo que queríais que viera? ¿A los dos metidos en un abrevadero? Ese agua puede que no esté limpia.

—Claro que lo está —dijo Jeb—. Aquí no ha bebido ningún caballo. Es nuevo. Lo compré el mismo día que os vinisteis a vivir al rancho. Y está recién llenada de agua. Más limpia que en el río.

—Mírame, mamá. ¡Sé nadar! —exclamó Kevin orgullosamente.

—Ya te veo —respondió ella.

Lo cierto era que se sentía aliviada de que el niño le hubiera perdido el miedo al agua.

—Ven —le dijo Kevin.

—Sí, ven —añadió Jeb—. ¿O es que tienes miedo?

—No puedo. No me quiero mojar.

—¡Por favor! —insistió Kevin y la salpicó.

Ella gritó y retrocedió mirando a Jeb, que sonrió.

Entonces, impulsivamente, corrió hacia el borde y saltó dentro del estanque haciendo la bomba.

Luego todos rieron y se pusieron a salpicarse agua.

—Ven, chaval —dijo Jake al tiempo que sacaba a Kevin del agua y se lo colocaba sobre los hombros—. A ver si la señora Fletcher nos da un poco de helado de chocolate.

Amanda empezó a salir del estanque para volver a la casa, pero Jeb buceó y la agarró del tobillo.

Cuando se volvió y lo miró, se le aceleró el corazón. Los ojos de él ardían de deseo y la acariciaba bajo la superficie del agua.

Jake y Kevin ya estaban casi en el coche y se despidieron de ellos.

—¿Le has dicho a Jake que se lleve a casa a Kevin para que podamos quedarnos solos? —le preguntó a Jeb.

–No. Ha sido idea suya. Pero es una gran idea porque es cierto que así nos dejan solos.

–No me creo que no hayas sido tú el que ha organizado esto –dijo ella cuando Jeb la atrajo hacia él. Jeb, estamos a la vista de cualquiera...

–Sí, como si mucha gente pasara por aquí –respondió y la besó.

Ella le acarició el sólido pecho. Su boca sabía a agua fresca, cerró los ojos y supo que en ese momento tenía que tomar una decisión.

Le rodeó el cuello con los brazos y se agarró fuertemente a él. ¿Cuánto tiempo más le iba a estar diciendo que no cuando ella misma no lo quería rechazar? ¿Por qué no correr algún riesgo? ¿Por qué no aceptar la posibilidad de que él se pudiera enamorar de ella?

Entonces admitió para sí misma que amaba a ese alto y poderoso vaquero con todo su corazón.

Mientras la seguía besando, Jeb la tomó en brazos y salió del estanque para llevarla hasta la sombra de unos árboles. Allí la dejó de pie y le quitó lentamente la camiseta mojada.

Luego se quedó mirándola un largo momento y dijo:

–Eres preciosa.

Le desabrochó el sujetador y luego se inclinó y le tomó uno de los senos en la boca, acariciándole el pezón con la lengua.

Ella cerró los ojos y lo agarró por los hombros, sabiendo que estaba dispuesta a aceptar cualquier riesgo con él. Tal vez estuviera viviendo peligrosamente, pero deseaba de todo corazón hacer que ese matrimonio funcionara y fueran una familia de verdad, por Kevin. Y tal vez ganar el amor de Jeb. Ella estaba enamorada de ese vaquero que había irrumpido en su vida y la había cambiado por completo.

Pudiera ser que él no la amara en ese momento, pero la deseaba y parecía gustarle. Ella esperaba que el amor se produjera tan naturalmente como el amanecer. Su futuro estaba en juego y era una elección muy difícil, pero que se facilitaba mucho cuando llegaban a esos momentos.

Cuando ella le fue a quitar el cinturón de los húmedos vaqueros, él la miró interrogativamente.

—Te deseo —dijo Amanda tranquilamente.

—No tanto como yo a ti —susurró él y la abrazó y besó ansiosamente.

Luego ella le desabrochó el cinturón y le quitó los vaqueros empapados, lo mismo que los calzoncillos, liberándolo.

Él estaba ya excitado y preparado para la acción y Amanda contuvo la respiración al ver su perfección. Entonces Jeb le quitó los pantalones cortos y las bragas para hacerla tumbarse a continuación sobre la hierba y besarla por todas partes mientras le acariciaba los senos. Luego se metió uno de sus pezones en la boca para lamérselo y succionárselo.

Amanda gimió de placer, bombardeada por sensaciones que la volvían loca, y le recorrió el cuerpo con las manos. Luego se sentó y lo hizo tumbarse para tomarlo con la boca, besándolo.

Jeb gimió y le puso las manos en la nuca. Entonces Amanda se colocó sobre él, acariciándolo con sus frescos dedos, cubriéndolo a besos. Jeb le soltó la cinta que llevaba en el cabello y lo dejó libre para que le cayera sobre los desnudos hombros.

Era como si a Jeb el corazón se le fuera a salir del pecho. Ella era todo lo que él había soñado y deseado desde la noche que la conoció. Era hermosa y salvajemente apasionada y sentía un ansia por él que era comparable a la suya por ella.

En algún momento, en algún lugar, ella había tomado su decisión acerca de cómo vivirían. Esa unión era elección de ella. Saber que ella lo deseaba a él tanto como él a ella lo excitó más todavía.

Amanda estaba tumbada atravesada sobre él. Con una mano estaba jugueteando con el vello de su pecho y, con la otra, sujetaba su endurecida masculinidad mientras se la recorría con la lengua. Jeb se dio cuenta de que

112

iba a estallar y que no podía esperar mucho más sin perder el control.

La hizo tumbarse de espaldas y se colocó sobre ella para besarla y acariciarla a su vez mientras la miraba a los ojos llenos de deseo.

Se colocó entre sus piernas y le acarició con los dedos sus partes más femeninas hasta que ella estuvo más que lista y se agarró fuertemente a él. Las caderas de Amanda se movieron con un ritmo viejo como el tiempo, deseándolo más que a ninguna otra cosa.

–¡Jeb! –exclamó y se estremeció.

Él la hizo abrirse más de piernas y se irguió sobre ella, masculino, sexy, preparado. Y entonces bajó lentamente, tocándola con la punta de su masculinidad, haciéndola arder de nuevo, para luego entrar en ella dulcemente, llenándola.

Empezó muy lentamente, el sudor lo cubría y era la única indicación del esfuerzo que le estaba costando ir despacio y contenerse por ella.

–¡Mandy! ¡Mi Mandy!

Se movieron juntos y ella se agarró con fuerza a los hombros de él mientras iba subiendo por una creciente espiral de placer. Había rodeado a Jeb con las piernas y le puso las manos en el trasero para hacerlo empujar con más fuerza.

Llegaron al clímax juntos, Jeb tratando de

hacerlo durar más, sabiendo que estaba perdiendo todo el control. Podía sentir cómo
ella se tensaba cada vez más...

–¡Jeb! –susurró Amanda.

Entonces él la besó profundamente mientras seguía empujando. Ella se arqueó contra
su cuerpo moviendo las caderas y entonces
Jeb se vio perdido y explotó irremisiblemente.

Amanda gritó y se agarró a él, estallando a
su vez, moviéndose con Jeb en un clímax ce-
gador.

–Jeb, te amo –susurró ella sin poder evitarlo.

Para lo mejor o lo peor, se había dado to-
talmente a él. Era su esposa, su amante, su
amiga y rogaba poder seguir siendo todo eso
para él y que Jeb fuera su esposo, su amante y
su amigo también para ella.

Siguieron moviéndose juntos, más lentamente, hasta que ella se vio envuelta de
nuevo en otra mareante espiral.

–¡Jeb!

La tensión fue subiendo en Amanda hasta
que se derritió entre sus brazos. Jeb la cubrió
de besos y la acarició. Cuando Amanda abrió
los ojos y lo miró, se dio cuenta del compromiso que había adquirido mientras que él no
había dicho nada en absoluto.

Pero no se iba a preocupar por eso en ese
momento.

–Eres hermosa, maravillosa y más sexy de
lo que nunca me hubiera imaginado.

–Eso suena a un hombre dominado por la pasión.

–No. Solo a un vaquero sincero hablando de su chica.

Ella se rio y le acarició el rostro con una brizna de hierba.

–Creo que sigues atontado por haber hecho el amor.

–Atontado no es la descripción correcta.

Jeb se bajó de ella y la hizo girar de forma que los dos terminaron tumbados de lado en el suelo.

–Estoy demasiado agotado siquiera para levantarme.

–¿Habías planeado todo esto?

–Te prometo que te estoy diciendo la verdad. No sé por qué Jake se ha querido ir con Kevin, salvo que es un adicto al chocolate. Le encanta el helado de chocolate y la señora Fletcher tiene. Querida, si hubiera planeado una seducción, no habría sido en un abrevadero.

Ella se rio y le rodeó el cuello con los brazos.

–Nunca me hubiera imaginado que te hubieras tirado así al agua –añadió Jeb sonriendo.

–Pretendo seguir sorprendiéndolo, señor.

–A ver si me sorprendes gustándote esto.

Entonces le abarcó los senos con las manos y empezó a acariciarle de nuevo los pezones con los pulgares mientras ella cerraba los ojos y gemía de placer.

Luego la hizo sentarse, la levantó y se la colocó encima.

—¿Ves lo que me haces? —le preguntó mientras la hacía deslizarse lentamente hacia abajo, penetrando de nuevo en ella.

Momentos más tarde, ya se estaban moviendo de nuevo, perdidos en otra unión salvaje, olvidándose del mundo.

Cuando terminaron, jadeante, Amanda susurró:

—No quiero volver a casa. Esto es el paraíso.

—Ni yo tampoco quiero volver, porque quiero seguir haciendo el amor contigo durante el resto de este día y la noche. Y mañana querré lo mismo.

Se tumbaron los dos en el suelo y, mientras Jeb le apartaba un mechón de cabello del rostro, añadió:

—Múdate a mi dormitorio.

—¿Estás seguro?

—Sí.

Amanda pensó en todo lo que significaba eso y supo que era lo que ella también quería. El corazón se le llenó de alegría y asintió.

—Sí, lo haré.

Luego, durante la siguiente media hora, permanecieron abrazados y charlando. Más tarde se levantaron y se dirigieron de nuevo al estanque.

Momentos después de haberse metido en el agua, Amanda vio que él quería volver a hacer el amor.

–Jeb, estamos en el agua.

–Sí –respondió él y la besó dura y largamente.

Poco después, estaban haciendo de nuevo el amor desenfrenadamente.

Pero esa vez, cuando Amanda se sentó a su lado, le tomó la mano cuando Jeb empezó a acariciarla.

–Deberíamos volver a casa –dijo.

–¿Por qué? La señora Fletcher cuidará de Kevin. Aquí tenemos intimidad y, ¿a quién quieres ver allí?

–Supongo que a nadie si Kevin está bien.

–Sabes que lo está.

–Ya has vuelto a salirte con la tuya.

–Eso espero, chica –dijo Jeb al tiempo que se levantaba–. Ven aquí.

La llevó hasta su coche, abrió la puerta y le dijo:

–Saca esa manta.

Ella lo hizo y, cuando se tapó con ella, Jeb sonrió.

–No era para eso. Si te tuviera solo para mí, nos encerraría en la casa y tiraría toda tu ropa.

–¡Gracias a Dios que esta vez no puedes hacerlo y no te saldrás con la tuya! Ya me estás haciendo ruborizar de nuevo.

–Esa no es razón para ruborizarse. Dentro de un momento te daré una buena razón para hacerlo.

–Olvídalo, vaquero. Deja que tu imaginación se refresque.

–No puedo cuando estoy contigo.

La tomó en brazos y la llevó hasta donde habían hecho el amor, allí la dejó sobre sus pies, tomó la manta y la extendió sobre la hierba.

–No puedes decirme que no habías planeado esto –repitió Amanda.

–Te lo juro que no.

Se tumbaron sobre la manta, aún desnudos y allí susurró su nombre mientras la abrazaba y besaba de nuevo.

Se pasaron toda la tarde a la sombra, haciendo el amor, hablando, acariciándose, y Amanda se sentía como en el paraíso.

–Jeb, tenemos que irnos a casa. Me siento muy avergonzada.

–Tranquila, querida. ¡Estamos casados! No hay nada de malo en que unos recién casados desaparezcan durante unas horas.

–Creo que han sido más que eso y puede que la señora Fletcher se quiera ir a su casa.

–Eso lo puedo remediar. La llamaré.

Se levantó y se dirigió al coche. Al cabo de pocos minutos estaba de vuelta. Ella se sentía ridícula, allí tumbada, desnuda sobre la manta, así que se había tapado con ella. Jeb volvió con los vaqueros puestos, el teléfono móvil, el reloj y la camiseta de ella.

–Esto está seco. El resto de tu ropa sigue allí. He llamado a casa y la señora Fletcher me ha dicho que se puede quedar con Kevin un par de horas más.

–¡Jeb! Esto es de lo más decadente.

–No le he dicho lo que hemos estado haciendo –dijo él sonriendo–. Solo le dije que íbamos a tardar y que si se podía quedar un poco más. A ella no le importó y eso es todo. También le he preguntado si se puede quedar el sábado por la noche, ya que quiero llevarte a bailar, aunque lo que preferiría es estar en la cama contigo.

Luego se tumbó de nuevo junto a ella, se desabrochó los pantalones y le quitó la manta de encima antes de abrazarla de nuevo.

No llevaba nada debajo de los vaqueros y ya estaba excitado de nuevo. Amanda se dejó abrazar de buena gana, lo deseaba tanto que la sorprendía.

Cuando se vistieron y volvieron al coche ya estaba oscureciendo.

Una vez en la casa, mientras Amanda hablaba con Kevin, Jeb lo hizo con la señora Fletcher y luego se reunió con ellos. Pasaron una hora con el niño y luego lo acostaron.

Más tarde, Amanda tomó de la mano a Jeb y le dijo:

–No hemos cenado nada, pero la señora Fletcher ha dejado hecha mucha comida. Hay pollo frío y...

Jeb la tomó entonces en brazos.

–Te diré lo que quiero, la noche de bodas que no hemos tenido. La comida puede esperar. Esto es más importante.

–Eres un vaquero hambriento de sexo.

–Y tú eres la mujer más ardiente de los alrededores. Lo que me haces es mágico y no puedo esperar –susurró él cuando la metió en su dormitorio.

A las dos de la madrugada, Jeb estaba entre los brazos de Amanda en la gran cama de él, le tocó un hombro y le dijo:

–Me está haciendo ruido el estómago. La última comida que he hecho fue el desayuno de ayer.

–¿Te estás quejando?

–No –respondió él acariciándole un seno–. Esto es mucho mejor que el pollo frío.

Ella se rio.

–Ven vaquero, que te daré de comer.

–Y luego, nos volvemos a la cama, ¿no?

–Puede. Vas a tener que convencerme.

–Lo recordaré. Y es una promesa.

Bajaron a la cocina y se comieron el pollo y una ensalada. Después de cenar, Jeb sacó una cerveza del frigorífico y un té helado para ella y se sentaron en la mesa de la cocina, donde estuvieron charlando un rato más, a pesar de que en lo único que podía pensar Jeb era en hacer el amor con ella.

–Jeb, ¿me estás escuchando?

–Claro, querida. Bueno, la verdad es que estaba recordando lo que hemos hecho esta tarde y pensaba en lo que me gustaría hacer ahora mismo.

Entonces se levantó y puso algo de música, volvió hacia donde estaba ella y la tomó en sus brazos para bailar. Ella le sonrió.

–No bailo muy bien descalza.

–Yo creo que es lo mejor. Y me gusta más cuando llevas esa camiseta que se te pega al cuerpo. O cuando no la llevas.

–No voy a bailar desnuda.

Jeb se rio y la apretó más contra él, de forma que ella sintió su excitación y el deseo se apoderó de nuevo de ella. Entonces terminó la canción y empezó otra más rápida.

Minutos más tarde él la había llevado de nuevo a la cama y se pasaron el resto de la noche haciendo el amor, durmiéndose solo unas pocas horas antes de amanecer.

–Jeb –dijo ella adormilada cuando se despertó.

–¿Qué? –balbuceó él.

–Kevin no va a saber dónde encontrarme.

–Le puedes decir hoy que te has venido a esta habitación. Lo aceptará sin más.

–Supongo que tienes razón.

Eran casi las siete cuando Amanda estaba duchada, vestida y en la cocina, lista para hacerles el desayuno a todos y esperando que Kevin apareciera en cualquier momento.

Jeb entró entonces y la besó. Tomó dos tazas de café y las dejó sobre la mesa.

–A Kevin le gusta mucho nadar, podíamos

pensar en hacer una piscina dentro de un año o dos.

—Eso es muy caro.

—Ya hablaremos de ello. Puede ser bueno para él.

—¿Ya estamos discutiendo?

—Eso nunca —respondió él sonriendo.

Durante las semanas siguientes, Amanda se sintió como si estuviera en el paraíso con Kevin y Jeb. Un lunes por la tarde, Amanda oyó acercarse un coche y se preguntó quién podría ser. Para su sorpresa, era un taxi.

El coche se detuvo y Amanda vio salir al taxista, que sacó del maletero tres grandes maletas, pero siguió sin salir ningún pasajero.

Amanda sintió curiosidad y salió al exterior cuando el taxista abrió la puerta a quien fuera. Entonces surgió del coche una mujer. Llevaba unos pantalones muy ajustados color rosa y una camiseta sin mangas e igual de ajustada, del mismo color. Tenía el cabello rubio casi blanco y Amanda se quedó pasmada.

¿Por qué habría ido Cherie al rancho?

Capítulo Nueve

–Ya sé que debería haberle dicho a mi secretaria que os llamara –dijo Cherie sonriendo ampliamente según se acercaba a Amanda.

Se abrazaron levemente y Amanda la miró sintiendo la misma sorpresa que había sentido meses antes cuando abrió la puerta de su casa y se encontró con Jeb.

–Esto es una sorpresa. Y también lo será para Kevin, Cherie –dijo ella preocupara por cómo se tomaría el niño conocer a Cherie.

–¿Puedo pasar?

–Sí –respondió Amanda sin dejar de sentirse preocupada.

Por el momento, Kevin estaba fuera con Jeb y se alegraba de ello. Necesitaba tiempo para averiguar qué había tras la repentina aparición de su prima, ya que estaba segura de que había algo.

–Kevin no está ahora, pero dado que no te ha visto nunca, esto va a ser extraño para él.

Cherie sonrió y miró a su alrededor.

–Esto es muy bonito.

Amanda le indicó que se sentaran y ambas lo hicieron.

–¿Está Jeb en casa?

–No. Y se ha llevado a Kevin con él.

–¿Se lo ha llevado por el campo con los caballos y las vacas? ¿Cómo va vuestro acuerdo?

–Nuestro matrimonio va bien.

Cherie se rio.

–Conmigo no tienes que disimular. Recuerda que me contaste que hacíais esto para darle un hogar a Kevin.

Luego su sonrisa se desvaneció y añadió:

–Amanda, me doy cuenta de que he cometido algunos errores terribles. Jeb era un buen marido. He estado casada con dos verdaderos cerdos y mi último matrimonio ha terminado. Estoy divorciada y soy más sabia, así que me doy cuenta de que desprecié al mejor hombre que he conocido en mi vida.

Amanda se estremeció porque sabía que Cherie podía encantar a cualquier hombre que quisiera y Jeb era solo humano, había estado casado con ella y, en su momento, había estado enamorado de esa mujer.

–Estamos casados –dijo.

–No creo que eso signifique mucho para ninguno de los dos. Tú misma me dijiste que lo hacías por Kevin. Ya sé que esto es inconveniente...

–¿Inconveniente? Cherie, somos una familia.

–No tanto como Jeb, Kevin y yo. Amanda, yo soy la madre natural de Kevin. Yo fui la es-

posa de la que Jeb estuvo locamente enamorado. ¿Está él locamente enamorado de ti?

Amanda la miró dolida y enfadada.

–Puede que, cuando nos casamos, lo hicié-
ramos solo por Kevin, pero ahora es más que
eso. La gente se enamora rápidamente a veces, Cherie. Creo que tú misma lo has hecho
varias veces antes.

Entonces vio horrorizada cómo a Cherie
se le llenaban los ojos de lágrimas y se las enjugó con un pañuelo.

–Estaba equivocada e hice cosas equivoca-
das. Di a mi hijo y dejé a mi marido. No debería haber hecho nada de eso.

–Cherie, yo adopté legalmente a Kevin.
Soy su madre legal.

–Yo soy su madre verdadera y Jeb y yo le
podemos dar una familia verdadera.

Amanda oyó ruido en la parte trasera de la
casa y se percató de que Jeb y Kevin habían
vuelto. Una vez más, deseó proteger a Kevin
de todo mal. Conocía a su prima demasiado
bien como para pensar que, de repente, le
había entrado el amor maternal.

–Perdona, Cherie, pero creo que debería
decirle a Jeb que tenemos compañía.

–No compañía, Amanda, yo soy familia.

Amanda salió del salón y corrió a la cocina, donde oyó a Jeb y Kevin riendo de algo.

Cuando ella entró, Jeb se quitó la camisa
sucia y dijo:

–Estoy acalorado, sucio y me muero por una ducha. Y Kevin también.

Entonces vio su expresión y añadió con el ceño fruncido:

–¿Qué pasa, Amanda?

–Jeb, tenemos visita...

–¡Jeb! –exclamó Cherie cuando pasó al lado de Amanda.

Le rodeó el cuello con los brazos y lo besó en la boca. Jeb se soltó y la miró con el ceño fruncido.

–¿Cherie?

–Kevin, esta es la señora Webster –dijo Amanda a Kevin, que estaba mirando a Cherie con los ojos muy abiertos.

–No seas tan formal, Amanda. Kevin, pequeño. Yo soy tu madre verdadera.

–Cherie –dijo Jeb muy serio.

Luego tomó en brazos a Kevin y se lo pasó a Amanda.

–¿Quieres empezar tú a bañar a Kevin?

–Sí –respondió ella.

Los ojos de él tenían toda la rabia que había visto en ellos cuando se conocieron.

Una vez fuera, Kevin le dijo:

–Tú eres mi mamá de verdad.

–Sí, lo soy –dijo ella con certeza–. Cherie es mi prima, Kevin, y es la mujer que te dio a luz, pero tú eres mi hijo, yo soy tu madre y Jeb es tu padre. Y los dos te queremos de todo corazón.

Lo abrazó y se preguntó qué estaría pasando en la cocina.

Jeb se volvió a poner la camisa sucia, se sirvió una cerveza y miró a Cherie.

–¿Qué está pasando aquí?

–Eso no es precisamente una bienvenida.

–Cherie, ¿por qué estás aquí?

–Jeb, no seas tan rudo. Ya sé que me lo merezco, pero cometí un terrible error –dijo ella con los ojos llenos de lágrimas, pero Jeb no estaba sobrado de paciencia.

Esa mujer le había causado un gran dolor y sabía lo poco de fiar que podía ser. Lo había engatusado una vez y no iba a permitir que eso volviera a suceder.

–Cuando nos divorciamos, perdí al mejor hombre que he conocido en mi vida –dijo Cherie.

–¡Por favor! Ya puedes volverte a donde sea que estés viviendo ahora.

–Jeb, lo siento. Estoy divorciada y, por fin me he dado cuenta de lo que tuve contigo.

–Se acabó, Cherie. Estoy casado con Amanda. Soy un hombre comprometido.

–Los dos lo hicisteis por Kevin. Me lo dijo ella misma. Te conozco tan bien como conozco a Amanda. Tú no te has podido enamorar de golpe de ella. Te casaste para darle a Kevin un padre y una madre. Dime que eso no es cierto. Jeb, recuerda las veces que nos divertimos...

—Lo único que puedo recordar son los malos momentos. Esos han hecho que me olvide de los buenos.

—No puedes estar enamorado de Amanda. Os conozco a los dos. Ella no es tu tipo.

—Yo la amo —dijo él firmemente.

Entonces se dio cuenta de que era cierto, pero que no lo había querido admitir hasta ese momento.

—¿Jeb?

—Lo siento, estaba pensando en mi esposa, Cherie.

—Por favor, Jeb. Dame otra oportunidad.

—Eso nunca. Estoy tratando de olvidar lo que hubo entre nosotros.

Cherie se puso a llorar y Jeb se dio cuenta de que lo podía hacer sin estropearse el maquillaje. Seguramente era algo que había aprendido a hacer con la práctica.

—Pero me vas a dejar que conozca a mi hijo, ¿verdad? Estoy segura de que su madre natural tiene ese derecho. Puedo ir al juzgado, ya sabes.

—No me amenaces.

—Y tú no pongas a mi hijo en mía contra. Puedo ir al juzgado y eso me dará un montón de publicidad.

—De mala publicidad, por abandonar a tu hijo, por no decirle a su padre que estabas embarazada y por darlo en adopción.

—La mala publicidad no existe. ¿Sabes cuánta me puede proporcionar una batalla legal por su custodia?

—Maldita sea, Cherie, no tendrás a mi...

—¡A nuestro hijo! Jeb, él también es mío. Pero no te preocupes, no voy a ir al juzgado por él. Solo quiero volveros a ver a los dos de nuevo —dijo Cherie al tiempo que se acercaba y le acariciaba la mandíbula—. ¿Me dejarás conocer a Kevin? Eso me parece pedir poco. Ya sé que cometí unos terribles errores, Jeb. No me hagas sufrir más por ellos.

—De acuerdo, pero no le hagas daño.

—Ni se me ocurriría.

—Oh, sí. ¿Qué te crees que has hecho cuando has aparecido gritándole que eres su madre verdadera?

—Tal vez no haya hecho bien, pero es que me dejé llevar. Es mi hijo y ni siquiera lo conozco.

—Porque esa fue tu elección.

—Te has vuelto más duro, Jeb. El ejército debió cambiarte.

—No fue el ejército, Cherie.

—Aún debes sentir algo por mí o no estarías tan amargado.

—Cherie, te prometo que la única mujer en mi vida es Amanda. Yo la a...

Cherie le puso los dedos en la boca.

—No lo digas. Estás diciéndome todo esto porque estás enfadado y sé que me lo merezco. Pero no me digas que tenéis un matrimonio maravilloso. Sé que lo hicisteis por Kevin.

—Está empezando a ser un buen matrimonio.

Cherie era una mujer extraordinariamente hermosa, pero lo único que sentía Jeb por ella era ira. Pero hasta eso estaba empezando a difuminarse. Era un alivio saber que se había sobrepuesto a ella.

—¿Puedo quedarme y hablar un poco con Kevin? Por favor, solo un poco. No me niegues conocer a mi hijo.

—Sí. Pero ten cuidado. No alteres su vida.

—Estás enfadado conmigo. Lo siento, Jeb. No sabes cuánto. Ahora sé con la clase de hombre que me casé y me gustaría poder corregir mis errores.

—El pasado está pasado y olvidado, Cherie. Hay un bar en el salón, puedes ir a tomarte algo allí. Yo me voy a duchar.

Ella le pasó una mano por el brazo.

—No he olvidado tus músculos. No he olvidado nada...

—Bueno, yo sí, y lo que no he olvidado, estoy tratando de hacerlo.

Jeb se marchó. No había sentido nada cuando ella lo tocó. Quería que se marchara de su casa, pero sabía que tenía que dejarla ver a su hijo.

Se dirigió al cuarto de baño de Kevin,

donde Amanda lo estaba bañando. Ella estaba pálida y, en el momento en que se cruzaron sus miradas, vio la preocupación reflejarse en los ojos de ella.

—¿Podemos dejarlo solo un momento?

—Claro —respondió ella y se puso en pie.

Se alejaron un poco y Jeb le dijo:

—Cherie me ha pedido que la dejemos quedarse y conocer a Kevin un poco. No se lo he podido negar.

Amanda frunció el ceño.

—Supongo que no podemos, pero me resulta difícil creer que le importa de verdad.

Estoy de acuerdo, pero cabe la posibilidad de que diga la verdad. Y me ha recordado que puede llevarnos a juicio.

—¡Oh, Jeb!

—No creo que eso le hiciera ningún bien, pero no pasará nada si la dejamos conocer un poco a Kevin.

Poco después, Amanda bajó con el niño al salón y se sintió como si su mundo hubiera sido invadido por una presencia extraña. Cherie no pertenecía a ese hogar y esa familia. Ella conocía muy bien a su prima. Cherie tenía un lado bueno, pero estaba acostumbrada a salirse con la suya y podía ponerse muy desagradable cuando la contradecían.

La cena fue tranquila salvo por el hecho de que Cherie le había regalado unos juguetes a Kevin y el niño estaba muy excitado por ellos. Tan pronto como terminaron de cenar, se puso a jugar con ellos.

Amanda lo acostó a las ocho. Cuando volvió al salón, oyó a Cherie riendo y vio que Jeb sonreía. Entonces pensó que Jeb no sería capaz de resistirse a los encantos de Cherie por mucho tiempo.

—Supongo que ahora debería llamar a un taxi, si me decís dónde está el teléfono.

—No conseguirías que te viniera a recoger hasta aquí, Cherie —dijo Jeb secamente—. Yo te puedo llevar a la ciudad o puedes pasar la noche aquí.

—Lo que prefieras —dijo ella mordiéndose el labio inferior y mirando directamente a Jeb, ignorando por completo a Amanda.

Había una hora y media de camino hasta Dallas y, dependiendo del hotel donde se quedara Cherie, podía quedar hasta más lejos. Jeb podría tardar más de tres horas en ir y volver.

—Quédate. Será lo mejor —dijo Jeb mirando a Amanda, que apartó la mirada—. Alguien te podrá llevar mañana a la ciudad. Iré por tus cosas.

Cuando Jeb se hubo marchado, Cherie le dijo a Amanda.

—No lo puedes perder, si no lo has tenido nunca realmente.

—No te pases, Cherie. Si lo que quieres es ver a Kevin, de acuerdo...

Cherie arqueó las cejas.

—Esta es una parte de ti que no había visto nunca, primita. Estás enamorada de él, ¿no? No es de extrañar. Voy a que Jeb me muestre dónde dormiré esta noche.

Más tarde, estuvieron charlando los tres y a Amanda le costó trabajo centrarse en la conversación con Cherie tonteando continuamente con Jeb. La velada pareció alargarse eternamente hasta que Cherie dijo que se iba a acostar y se marchó sonriendo a Jeb.

Tan pronto como se hubo marchado, Jeb se puso en pie y dijo:

—Voy por una cerveza. Sentémonos un rato fuera. El ambiente está cargado aquí. ¿Quieres beber algo?

—Un té helado.

Una vez en el porche, estuvieron sentados un rato en silencio, perdidos en sus propios pensamientos. Amanda rogaba mentalmente para que Cherie no se quedara mucho con ellos.

—Cherie me ha pedido que la deje quedarse más tiempo para conocer mejor a Kevin. No se lo he podido negar, Amanda. Ni tú tampoco. Ella es su madre natural y eso debe contar para algo.

—Yo soy la que lo quiere, la que se preocupa por él, la que lo acuna por las noches...

—Ya sé que ella lo dio en adopción. Todo lo

que hizo estuvo mal, pero no le puedo negar que conozca a su hijo. Y eso que la quiero aquí tan poco como tú.

—¿No la quieres aquí?

—No —dijo él y la tomó de la mano—. Ven a sentarte en mi regazo.

Ella lo hizo gustosamente, pero luego lo miró y le dijo muy seria:

—Quiere que vuelvas con ella.

—Pero yo no la quiero —respondió él firmemente y la besó apasionadamente.

Minutos más tarde, Jeb se levantó y la tomó en brazos. La llevó así hasta el dormitorio y cerró la puerta tras ellos.

—Cherie está en la habitación al final del pasillo —dijo.

—Entonces, ¿por qué siento su presencia aquí, entre nosotros?

—Olvídala. Yo lo puedo hacer.

—Oh, Jeb, en lo único que puedo pensar es en que quiere que vuelvas con ella y ningún hombre se le ha podido resistir nunca.

—Pero yo no quiero volver con ella, Mandy. Ni ahora ni nunca.

Al día siguiente, Cherie se quedó en la casa todo el día, jugando con Kevin, dándole órdenes a la señora Fletcher y molestando a Amanda con sus hirientes comentarios.

Esa noche, Amanda bañó a Kevin sabiendo que Cherie estaba fuera, en el porche, tonteando descaradamente con Jeb.

Cuando Jeb volvió a casa al día siguiente, se encontró con que Cherie estaba sentada a la sombra en la cerca del corral. Bajó de ella y se acercó al coche, cortándole el paso. Llevaba un top azul oscuro y unos pantalones muy cortos y ajustados. Estaba más guapa que nunca. Hizo que Jeb detuviera el coche y se acercó a la ventanilla abierta.

–Hola. Te estaba esperando –dijo.

Capítulo Diez

–¿Qué es lo que quieres, Cherie?

–¿Podemos hablar unos minutos? Sal, sé que debes tener calor.

Jeb salió del coche, muy consciente de que estaban detrás de los establos, fuera de la vista de cualquiera. Cherie se acercó a él y le acarició un brazo.

–¿No sientes nada? Sé sincero.

Él la miró fijamente.

–Eres muy hermosa, pero no me interesas. Soy un hombre casado, Cherie. Felizmente casado.

–No estás enamorado.

–Sí, lo estoy.

Cherie agitó la cabeza y se acercó más.

–No lo creo. No actúas como un hombre enamorado. Yo lo sabría.

–He cambiado y amo a Amanda.

–Jeb, yo os puedo dar mucho a Kevin y a ti. ¿Recuerdas lo bien que nos lo pasábamos cuando hacíamos el amor? Yo lo recuerdo muy bien. Recuerdo...

–Cherie, tengo calor, estoy cansado y quiero ver a Amanda y a Kevin. Te veré en la cena.

Sin importarle la ira que vio en sus ojos, Jeb se metió de nuevo en el coche y arrancó. Cuando llegó a la casa, lo que más quería era gritar el nombre de Amanda, llevársela a la cama y contarle sus sentimientos, pero pronto tendrían que cenar con Cherie y Kevin.

Nada más entrar, Kevin, recién bañado, se arrojó a sus brazos y él lo abrazó sin importarle que lo fuera a manchar.

Aunque tal vez no debiera esperar y lo que tenía que hacer era decirle inmediatamente que la amaba. Aún dudaba cuando se dirigió al salón con Kevin de la mano. Pero entonces decidió esperar, hacer que el momento fuera algo especial.

Entonces la vio saliendo de la habitación de Kevin con unos pantalones del niño en las manos. Al verlo, ella le sonrió y a él se le agitaron las entrañas. Llevaba unos vaqueros cortados, una camiseta y el cabello recogido en una cola de caballo. Pensó que estaba preciosa y deseó poder tomarla en sus brazos y llevársela directamente a la cama.

–Hola –dijo.

Se acercó a ella y la besó brevemente, sabiendo que Kevin los estaba mirando atentamente.

–Tengo calor y estoy sucio, así que me voy a dar una ducha –añádió y se dirigió luego a Kevin–. ¿Te quieres duchar conmigo?

Kevin agitó la cabeza y salió corriendo hacia la cocina. Jeb se rio.

–Me pregunto cuándo dejará de molestarle bañarse.

–Cuando empiece a pensar en chicas, querrá lavarse.

–Bueno, ese es mi caso. Estoy pensando en una en este momento y me quiero bañar con ella. Te he echado de menos –dijo él y la abrazó.

–¡Jeb!

–Ya lo sé. Te voy a manchar, pero eso es lo que tienes que pagar por tener un marido que no puede esperar a tenerte entre sus brazos.

La llevó hasta el dormitorio e iba a cerrar la puerta cuando vio a Cherie al final del pasillo, observándolos.

Cuando cerró por fin la puerta, Amanda le dijo:

–Jeb, siento todo el rato la presencia de Cherie. Es como si estuviera aquí con nosotros. Quiero que se vaya.

–Y yo también –respondió él solemnemente–. Pero creo que es justo que le dejemos pasar algo de tiempo con Kevin.

–No creo que sea por Kevin por lo que ha venido.

–Si yo creyera realmente que Kevin no le importa, la echaría de aquí ahora mismo.

Cuando Amanda empezó a alejarse, él la agarró por la muñeca y añadió:

–Ven aquí. Esto es lo que llevo esperando desde el desayuno.

La besó ansiosamente y se dio cuenta de que la deseaba tanto que no podía esperar a ducharse, echó el cerrojo de la puerta y luego le desabrochó los pantalones.

–Te deseo, Mandy –susurró mientras la cubría a besos.

Le deslizó una mano bajo los pantalones y las bragas. Lo consumía el deseo y no podía esperar. Mientras la seguía besando, su mano encontró los lugares más íntimos de ella.

Amanda estaba entre sus brazos, siendo amada por él y, de repente, su mundo estuvo bien de nuevo. Jeb era su hombre y le estaba dando todo su amor; y ella lo amaba y lo deseaba con toda su alma.

Al día siguiente eran las seis y media cuando Amanda volvió a casa después del trabajo. No vio el coche de Jeb por ninguna parte y la señora Fletcher les había pedido tres días libres. Sabía que Kevin estaba con Jeb, así que se preguntó qué habría hecho Cherie en todo el día.

Cuando abrió la puerta trasera vio a Kevin montando a Popcorn mientras Jake llevaba un caballo al corral. Kevin la saludó con la mano y ella le devolvió el saludo. Decidió que se iba a cambiar y se reuniría con ellos. Se preguntó dónde estaría Jeb, pero sabía que Jake era capaz de cuidar bien de Kevin y que ninguno de los dos lo dejaría solo con Cherie.

La casa estaba en silencio y se preguntó si Cherie no se habría marchado también, pero cuando pasó por su dormitorio, vio que tenía la puerta cerrada, así que se imaginó que estaría allí.

Entró en su habitación y se paró en seco. Era fácil reconocer el perfume de su prima. ¿Por qué habría estado allí Cherie?

Extrañada, se quitó el vestido y fue a colgarlo en el armario. Entonces se volvió y miró a su alrededor. No parecía haber nada extraño allí, pero estaba segura de que Cherie había estado. Si no se hubiera fijado, no se habría dado cuenta, pero vio algo rosa bajo la cama. Se acercó y lo sacó. Eran unas bragas de seda y encaje. Se quedó helada, ya que no eran suyas. Eran de Cherie.

Pasmada, se sentó en el borde de la cama. ¿Habrían estado allí Cherie y Jeb? ¿En su cama? El dolor la consumió. ¿Cómo podía haberle hecho eso Jeb? Pero lo supo al momento. Cherie era la perfección femenina. Por lo menos, físicamente. ¿Cómo podría él resistirse día tras día y noche tras noche al acoso de esa mujer? Tendría que ser de piedra para no caer en la tentación.

Se le encogieron las entrañas por la ira y el dolor. Su matrimonio no era más que una promesa sobre el papel y lo habían hecho por Kevin. Pero aun así, Jeb actuaba como un hombre enamorado.

Con manos temblorosas, dejó las bragas sobre la cama y se puso una camiseta y unos vaqueros cortados. Luego tomó de nuevo las bragas en cuestión y se dirigió a la habitación de Cherie, abriendo la puerta sin llamar.

Cherie, que estaba tumbada en la cama, se incorporó y abrió mucho los ojos.

Amanda le arrojó las bragas.

—Te has dejado esto en mi habitación —le dijo.

Cherie se ruborizó y las recogió.

—Amanda, lo siento —susurró con aire de culpabilidad—. Nosotros... Yo... Lo siento.

—Cherie, ¿por qué no te vas? A ti no te interesa Kevin. Tú lo que quieres es que Jeb vuelva contigo, aunque él esté ahora casado conmigo.

Cherie entornó los párpados, su expresión se endureció y se puso en pie, tirando de nuevo las bragas sobre la cama.

—Jeb me ama, lo admita o no. Y afróntalo, ¿a qué hombre no le gustaría que dos mujeres se peleen por él? —dijo sonriendo—. Es como ya te dije, no lo has perdido porque, en realidad, no lo has tenido nunca.

—Tenemos un buen matrimonio —dijo Amanda secamente, preguntándose qué era lo que tenía ahora.

–¿Crees que si hubieras entrado en nuestra casa al tercer mes de matrimonio, como yo lo he hecho en la vuestra, podrías haber logrado que él mostrara algún interés en ti?

Esa pregunta le hizo daño y Amanda trató de contener la ira.

–Quiero que te marches.

–Amanda, tú eres la que debería marcharse. Jeb, Kevin y yo somos la verdadera familia. Estás impidiendo que Kevin tenga la familia que debería haber tenido. Si lo quieres de verdad, deberías marcharte.

Amanda recordó entonces cuando Cherie le suplicaba que se quedara con su hijo, cuando le decía que no quería ni verlo cuando naciera.

–Yo soy la madre de Kevin, la única que ha conocido. Soy la esposa de Jeb y nos amamos.

–Yo puedo hacer feliz a Jeb, cuando quiera, más de lo que tú lo puedas hacer. Tú eres la que está siendo egoísta, Amanda. Si tú te marcharas, nosotros seríamos una familia. Yo soy la verdadera madre de Kevin, la mujer a la que Jeb ama de verdad. Yo le puedo dar los hijos que él quiere y tú no. Y les puedo dar a los dos una vida que nunca conocerían de otra manera, porque soy rica. Deja de pensar en ti misma y piensa en ellos y en lo que yo puedo hacer por Kevin y Jeb.

–Mira, eres tú la que se va. Y si Jeb niega que ha estado contigo hoy, lo creeré porque será verdad. Estás tratando de hacernos daño a los tres.

—Tonterías.

—Si yo me marchara, no podrías vivir aquí en el rancho. Tú tienes tu trabajo, tus actuaciones...

—Estaría muy bien si tuviera un marido texano al que volver después de ellas. Podría hacer mis películas y volver aquí varias veces al año.

—¿Y qué pasaría con Kevin?

Cherie se encogió de hombros.

—Los niños se acostumbran a todo. Jeb podría cuidar de él y, cuando sea mayor, lo podemos mandar a un internado.

—Eso es muy egoísta. ¿Has pensado alguna vez en alguien que no seas tú misma?

Cherie se encogió de hombros.

—No merece la pena. Pero ahora estoy pensando en Jeb. Tú sabes que lo puedo hacer mucho más feliz que tú. Mírame, ¿sabes cuántas proposiciones me hacen al mes?

—Cherie, te conozco de toda la vida. Mírate tú. Estás tratando de destrozar tres vidas por un capricho. Siempre has hecho lo que has querido y siempre lo he sabido. Pero creía que, en lo más profundo, había algo de decente en ti. Ahora no lo creo.

Cherie se puso pálida.

—Y ahora, vete de mi casa de una vez. Yo amo a mi marido y a mi hijo y tú no te vas a meter por medio. Haz las maletas, que te llevaré a la ciudad ahora mismo. Para mí, ya no eres de mi familia.

Amanda se marchó y, en el corral, se encontró con Jake. Las manos le temblaban de ira y respiró fuertemente para calmarse. Jake la vio y saltó la cerca mientras Kevin seguía montando a Popcorn alrededor del corral.

–Va a ser un buen vaquero –le dijo él.

–Bueno, espero que no sea este año.

Jake entornó los párpados y la miró preocupado.

–¿Pasa algo?

–No, solo quería preguntarte si puedes seguir cuidando de Kevin, Cherie se va y yo la voy a llevar a la ciudad.

–¿Quieres que la lleve yo?

Ella se lo pensó, pero agitó la cabeza.

–No, creo que necesito estar sola un tiempo. Jeb volverá dentro de poco, ¿no?

–Sí. Está arreglando una cerca.

–Mañana yo trabajo en la ciudad, así que me quedaré en mi casa esta noche.

Jake asintió.

–Cuida de mi hijo.

–Lo haré, no te preocupes.

–Gracias, Jake.

Cuando se iba a marchar, Jake añadió:

–Amanda, por si te sirve de algo, Jeb no ha estado en casa desde primera hora de la mañana.

–No creía que hubiera estado, pero gracias de todas formas.

Las palabras de Cherie seguían dándole vueltas en la cabeza y le hacían daño. Durante todo el trayecto hasta la ciudad, las dos fueron en un tenso silencio hasta que su prima le dijo que la dejara en el aeropuerto, a lo que Amanda no se molestó en contestar.

Jeb llegó al rancho por la tarde y Jake le contó que Amanda se había llevado a Cherie a la ciudad, cosa que lo extrañó. Y lo extrañó más todavía el que Amanda se fuera a quedar en su casa esa noche.

Jeb supo entonces que algo iba mal.

—Me voy a duchar, ¿puedes quedarte un rato más con Kevin?

—Claro. Toda la noche si quieres ir a la ciudad a ver a Amanda.

—Gracias, Jake. La llamaré. ¿Habrá tenido tiempo de llegar ya?

—Creo que sí. Solo hazme saber si quieres que me quede. Estaré en la cocina con Kevin.

Pero cuando la llamó, ella no estaba y solo pudo dejarle un mensaje en el contestador.

A eso de las ocho, mandó a su casa a Jake y cada vez estaba más preocupado por Amanda. Kevin ya estaba en la cama y pensó despertarlo, dejarlo con Jake y marcharse a la ciudad para ver qué pasaba con ella. Pero no sabía por dónde empezar a buscarla.

Cuando sonó el teléfono, contestó enseguida. Se sintió enormemente aliviado cuando oyó la voz de ella.

—Jeb, acabo de llegar a casa y he oído tu mensaje.

—Me tenías preocupado.

—¿No te ha dicho Jake que me iba a quedar en la ciudad?

—Sí. Pero ¿qué te pasa?

Se produjo un largo silencio y luego ella le dijo:

—Jeb, tengo que pensarme todo esto.

—¿Qué te tienes que pensar? ¿Qué te parece si le digo a Jake que se quede con Kevin y voy para allá para que podamos hablar? No me gusta hacerlo por teléfono.

—Esta noche no. Quiero estar sola. Quiero pensar en nuestro matrimonio y en Kevin. Creo que nos precipitamos al casarnos.

—¿Es que lo lamentas?

—Eso nunca. Tengo que pensar y ver lo que estamos haciendo. Ahora tengo que colgar. Buenas noches, Jeb.

Él se quedó como un idiota con el teléfono en la mano. ¿Qué habría pasado? Como atontado, salió al porche y se preguntó qué sería lo que había afectado a Amanda de aquella manera.

Amanda colgó, se enjugó las lágrimas y se quedó mirando al teléfono. Las palabras de

Cherie la habían afectado mucho. No creía que Jeb pudiera querer volver con Cherie, pero sí que algún día pudiera querer una mujer que le diera más hijos.

Después de una noche de insomnio, se fue a trabajar, donde se olvidó de sus propios problemas mientras hablaba con sus pacientes, pero cuando terminó el día y volvía a casa, se sintió cada vez más excitada porque iba a ver a Jeb. Él la había llamado un par de veces y habían hablado brevemente cada vez. Le dijo que había llevado a Kevin con su abuela y que ella se iba a quedar dos días con él.

Mientras se cambiaba, pensó que, aunque nunca le había dicho que la amaba, la verdad era que él actuaba como un hombre enamorado y eso le llenaba de esperanza el corazón.

Llamaron a la puerta y ella se apresuró a abrir.

–Hola –dijo Jeb mientras entraba en la casa y cerraba la puerta tras él.

Estaba devastadoramente atractivo con un traje negro y camisa blanca.

–Te he echado de menos. ¿Por qué te marchaste?

–Hay algunas cosas de las que tenemos que hablar.

–Yo tengo algunas cosas que decirte –afirmó él solemnemente–. Iba a invitarte a cenar y luego, cuando volviéramos, te las iba a decir, pero creo que ya he esperado demasiado.

Entonces la abrazó y la besó profundamente. Ella le pasó los brazos por el cuello y se preguntó cómo podría renunciar a ese hombre. Jeb actuaba como si estuviera enamorado y ella lo deseaba mucho.

Luego él la hizo apartarse y le puso los dedos en el cuello.

—Tienes el pulso muy acelerado —dijo.

—Es el efecto que produces en mí.

—Mira en mi bolsillo. Te he comprado una cosa.

Extrañada, ella le metió la mano en el bolsillo de la chaqueta y sacó una cajita. Lo que la extrañaba era que ella ya tenía su anillo de boda. La abrió y vio un anillo con una esmeralda rodeada de diamantes.

—¡Jeb! —exclamó.

Él le quitó el anillo y se lo puso en el anular de la mano derecha.

—Esto es por el amor que tenemos ahora. Te amo, Mandy. Te amo con todo mi corazón. Eres la mujer de mis sueños y, esta vez, estoy completamente seguro.

A Amanda se le saltaron las lágrimas.

—¿Estás seguro de que es eso lo que sientes?

—Completamente. Y he esperado demasiado para decírtelo.

—Jeb, fue por eso por lo que me marché.

No te puedo dar más hijos y sé que tú los quieres.

—Mandy, ya hemos hablado de eso. Podemos adoptarlos. Tú adoptaste a Kevin y te ha ido muy bien, ¿no?

—Sí, pero...

—Mira, yo no quiero vivir sin ti. Anoche lo pasé fatal. No se te ocurra volver a dejarme. Y no me importa tampoco si no podemos adoptar algún niño. Te tengo a ti y a Kevin, esa es mi familia y es maravillosa. Te amo y te deseo. Eres mi esposa y te quiero, ahora y siempre.

Ella se liberó entonces de todas sus preocupaciones.

—Te he echado mucho de menos —dijo y ella y se puso de puntillas para besarlo.

El corazón se le salía del pecho por la alegría de tener de nuevo a Jeb. Y ahora se podía librar de sus dudas y volver a la vida que amaba y al rancho.

Le deslizó las manos hasta el cinturón y se lo desabrochó al tiempo que él le bajaba la cremallera del vestido. Mientras lo hacían, Jeb la hizo retroceder hasta su dormitorio, dejando las ropas esparcidas por todo el camino hasta la cama.

Allí quedaron completamente desnudos y Jeb la tomó en brazos y la dejó suavemente sobre la cama. Se tumbó sobre ella y la cubrió de besos, bajando por el vientre hasta la parte interior de los muslos.

–Te amo. Te amo –iba susurrando mientras la besaba y acariciaba.

Una de sus manos se introdujo entre las piernas de ella mientras que la otra le acariciaba un pezón.

Amanda gimió de placer y le acarició el cabello para luego recorrerle la espalda hasta su firme trasero. Luego se sentó y agarró su masculinidad con las manos para acariciarla y besarla hasta que él se apartó para besarla a ella.

–Jeb, te amo –susurró.

–Y yo a ti, chica. No sabes lo que te amo, pero me voy a pasar la vida entera demostrándotelo. Lo que siento es no habértelo dicho antes.

–¡Oh, Jeb! –exclamó Amanda mientras se apoderaban de ella la alegría y el deseo.

Entonces lo abrazó y besó apasionadamente.

Finalmente, Jeb se colocó entre sus piernas, la devoró con la mirada y se deslizó en su interior, llenándola y moviéndose lentamente, en un dulce tormento que la hizo volverse loca.

Se movieron juntos hasta que les llegó el éxtasis y Jeb se estremeció.

–Mandy, te amo –gritó y la besó ansiosamente.

Amanda se agarró a él y siguieron moviéndose juntos, más despacio, tratando de recuperar la respiración.

Más tarde, mientras Jeb la abrazaba, Amanda miró su hermoso y nuevo anillo.

–No sabía si me amabas o no –dijo.

–¿Cómo podías no saberlo? Debería habértelo dicho antes, pero lo cierto es que no me paré a pensar en lo que sentía hasta que me obligó Cherie y entonces solo quise esperar al momento adecuado para decírtelo.

–¿El momento adecuado? Cualquiera es el momento adecuado para eso. ¿Hace cuánto que decidiste que me amabas?

–No te lo quise decir mientras Cherie estaba allí. Ya sabes que las veladas era muy tensas. Yo quería un momento y un lugar especiales y también quería regalarte un anillo...

–Oh, Jeb, lo único que tenías que hacer era decirlo, ¡solo eso! Yo solo quería saber lo que sentías.

Él frunció el ceño y le apartó unos mechones de cabello de la cara.

–Me imaginaba que tú sabías lo que sentía. ¿O es que no actuaba como un hombre enamorado?

–Sí, pero también actuabas como un hombre lleno de lujuria. ¿Cómo iba a saber yo de cuál de las dos cosas se trataba?

–De las dos, chica. De las dos. Lo siento, Mandy, ya te digo que debería habértelo dicho antes. ¿Fue por eso por lo que te marchaste anoche?

–Por eso y porque estaba preocupada por no poderte dar hijos.

–¿Quieres dejarlo ya? ¿Por qué no empezamos ya mismo con los procedimientos de adopción de un niño y así no tendrás que volverte a preocupar más por eso?

Ella sonrió y le abarcó el rostro entre las manos.

–De todas formas, no creo que me vaya a volver a preocupar por eso nunca más –dijo y lo besó con el corazón rebosando amor.

Epílogo

Jeb estaba sentado con sus largas piernas estiradas y los pies apoyados en la barandilla de los porche. En una mano tenía un vaso de té helado y con la otra sostenía la mano de Amanda. Era un cálido atardecer de verano. La señora Fletcher estaba sentada a la sombra de un árbol mientras que Kevin, ya con siete años, jugaban a la pelota con su hermano de cuatro, Brad. Corriendo de un lado a otro entre ellos, estaba su hermana de dos años, Emily.

—¿No debería ir a rescatar a Emily? Esos niños no le están prestando la menor atención.

—Es feliz solo con estar con ellos. Así nos pasa a la mujeres con nuestros hombres —respondió Amanda y Jeb sonrió.

—Ven a sentarte en mi regazo.

Cuando ella lo hizo, él puso los pies en el suelo y le acarició un brazo.

—Tenemos un hijo de siete años, otro de cuatro y una de dos. Es bonito, ¿no?

—Es lo mejor. Lo mismo que tú —susurró ella y lo besó.

Entonces oyeron el ruido de una moto y miraron a su alrededor.

–Este es Jake, que viene a despedirse.

–Sí, de nuevo. Se marchó cuatro meses después de que nos casáramos, volvió un año después y ahora se vuelve a marchar. Me pregunto cuánto tiempo pasará ahora antes de que vuelva.

Se levantaron y Jeb le pasó un brazo sobre los hombros.

–¿Qué es lo que hace que no pueda parar? Es un hombre maravilloso y la mitad de las chicas de este condado están enamoradas de él –dijo Amanda.

–No lo sé. Nunca se lo he preguntado y él nunca me lo ha dicho.

Se acercaron a la puerta y Los dos niños llegaron corriendo con Emily detrás, a gatas. Jeb tomó en brazos a Brad y Amanda hizo lo mismo con Emily.

Jake detuvo su Harley Davidson y apagó el motor. Se bajó y primero fue a despedirse de los niños. Se puso en cuclillas y le dijo a Kevin:

–Os voy a echar de menos, y os prometo que volveré a veros.

Luego se levantó y lo abrazó, lo dejó de nuevo en el suelo y añadió:

–Sé un buen hermano mayor, ¿de acuerdo?

–Sí, señor.

Luego levantó a Brad.

–Y tú sé un buen hermano pequeño.

–Sí, señor –respondió el niño abrazándolo.

Jake lo dejó y miró a Emily.

—Y tú sé una buena hermana pequeña —le dijo y le guiñó un ojo.

La niña sonrió y rodeó el cuello de Amanda con los brazos.

—Amanda, cuida de este, ya que necesita que lo cuiden bien.

La abrazó y ella le devolvió el abrazo y le dio un beso en la mejilla.

—Y tú cuídate —respondió ella—. Hay por aquí un montón de chicas que no quisieran verte marchar.

Jake sonrió y miró a Jeb, al que le ofreció la mano.

—Sabéis que volveré.

—Eso espero. Mis caballos y yo te echaremos de menos.

—Cuida de tu familia y de ti. Adiós, señora Fletcher.

La señora Fletcher se despidió de él con la mano y Jake se volvió y se subió de nuevo a su moto, arrancó y, en medio de un rugido, se marchó con el largo cabello al viento sin mirar atrás.

Los niños volvieron a jugar con el balón Y Jeb y Amanda se instalaron de nuevo en el porche.

—Tengo una buena idea —dijo Jeb—. Mientras la señora Fletcher vigila a los niños, ven aquí y deja que te enseñe algo —dijo Jeb, que la tomó de la mano y la hizo entrar en la casa.

–¿Qué estás haciendo?

Entonces Amanda se rio cuando él cerró la puerta y la abrazó.

–Deja que te enseñe lo rápidamente que puede hacer algo un vaquero de Texas cuando se empeña.

Amanda le rodeó el cuello con los brazos y respondió:

–De acuerdo, vaquero, haz lo que tengas que hacer.

Jeb la besó y Amanda se puso de puntillas y cerró los párpados con el corazón lleno de alegría por ese alto vaquero de Texas y la maravillosa familia y el amor que tenían.

Acepte 2 de nuestras mejores novelas de amor GRATIS

¡Y reciba un regalo sorpresa!

Oferta especial de tiempo limitado

Rellene el cupón y envíelo a

Harlequin Reader Service®
3010 Walden Ave.
P.O. Box 1867
Buffalo, N.Y. 14240-1867

¡Si! Por favor, envíenme 2 novelas de amor de Harlequin (1 Bianca® y 1 Deseo®) gratis, más el regalo sorpresa. Luego remítanme 4 novelas nuevas todos los meses, las cuales recibiré mucho antes de que aparezcan en librerías, y factúrenme al bajo precio de $2,99 cada una, más $0,25 por envío e impuesto de ventas, si corresponde*. Este es el precio total, y es un ahorro de más del 10% sobre el precio de portada. !Una oferta excelente! Entiendo que el hecho de aceptar estos libros y el regalo no me obliga en forma alguna a la compra de libros adicionales. Y también que puedo devolver cualquier envío y cancelar en cualquier momento. Aún si decido no comprar ningún otro libro de Harlequin, los 2 libros gratis y el regalo sorpresa son míos para siempre.

416 BPA CESK

Nombre y apellido	(Por favor, letra de molde)

Dirección	Apartamento No.

Ciudad	Estado	Zona postal

Esta oferta se limita a un pedido por hogar y no está disponible para los subscriptores actuales de Deseo® y Bianca®.
*Los términos y precios quedan sujetos a cambios sin aviso previo.
Impuestos de ventas aplican en N.Y.

SPD-198   ©1997 Harlequin Enterprises Limited

Deseo®...
Donde Vive la Pasión

¡Los títulos de Harlequin Deseo®
te harán vibrar!

¡Pídelos ya! Y recibe un descuento especial
por la orden de dos o más títulos

HD#35327	UN PEQUEÑO SECRETO	$3.50 ☐
HD#35329	CUESTIÓN DE SUERTE	$3.50 ☐
HD#35331	AMAR A ESCONDIDAS	$3.50 ☐
HD#35334	CUATRO HOMBRES Y UNA DAMA	$3.50 ☐
HD#35336	UN PLAN PERFECTO	$3.50 ☐

(cantidades disponibles limitadas en algunos títulos)
CANTIDAD TOTAL $ _____

DESCUENTO: 10% PARA 2 Ó MÁS TÍTULOS $ _____
GASTOS DE CORREOS Y MANIPULACIÓN $ _____
(1$ por 1 libro, 50 centavos por cada libro adicional)

IMPUESTOS* $ _____

<u>TOTAL A PAGAR</u> $ _____
(Cheque o money order—rogamos no enviar dinero en efectivo)

Para hacer el pedido, rellene y envíe este impreso con su nombre, dirección
y zip code junto con un cheque o money order por el importe total arriba
mencionado, a nombre de Harlequin Deseo, 3010 Walden Avenue, P.O. Box
9077, Buffalo, NY 14269-9047.

Nombre: _____

Dirección: _____ Ciudad: _____

Estado: _____ Zip Code: _____

Nº de cuenta (si fuera necesario):_____

*Los residentes en Nueva York deben añadir los impuestos locales.

Harlequin Deseo®

CBDES3

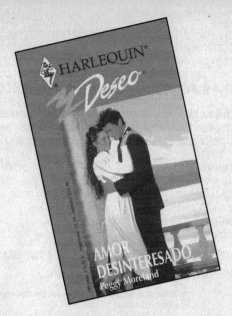

Penny Rawley no había cruzado todo el estado de Texas para permitir que Erik Thompson, su atractivo jefe, se aprovechara de su posición. Quizás fuera su nueva secretaria, pero había llegado a aquella poderosa empresa con una sola idea en mente: casarse con el hombre al que siempre había amado, aunque él se empeñara en no hacerle ningún caso, salvo para darle órdenes a gritos. Pero eso iba a cambiar...

Erik no podía creer lo que veían sus ojos: aquella sosa secretaria se había convertido en una mujer despampanante. Deseaba seducirla y demostrarle quién era el jefe... El problema era que no era eso lo que le dictaba su hasta entonces imperturbable corazón. Algo dentro de él lo impulsaba a hacer suya la encantadora inocencia de Penny.

PÍDELO EN TU PUNTO DE VENTA

En cuanto Nick Armstrong vio a Barbie Lamb supo que tenía que conseguirla. ¡Era la mujer más sexy que había visto en su vida! Había olvidado por completo a aquella adolescente enamoradiza a la que había rechazado hacía tantos años...

Barbie estaba a punto de obtener la más dulce de las venganzas consiguiendo que Nick la deseara de aquel modo, para luego rechazarlo como lo había hecho él. El problema era que Nick parecía no acordarse de ella y lo único que su deseo estaba provocando era reavivar lo que una vez había sentido por él. La pasión que había entre ellos se estaba haciendo cada vez más irresistible, pero, ¿qué pasaría cuando por fin se enfrentaran a su pasado?

Una venganza muy dulce

Emma Darcy

PÍDELO EN TU PUNTO DE VENTA